レオン・イーリアス
シャーロット・エクセスト
ミルシェ・ゾイロイド

ロイド
ナユート
ソフィア・リークレット
ジャック・カールリラ

プロローグ

この世界には、魔法を主流として使う人と、剣を主流として使う人がいる。だが、両方を扱える人は、そう多くない。なぜなら、どちらか一方を完ぺきにすること自体が難しいから。

また、剣術にも流派があるように、魔法にも種類がある。その中には固有魔法と呼ばれるものもあり、それは選ばれし者にしか使うことが出来ない。

固有魔法とは、基礎魔法とはかけ離れた魔法であり、世界でも謎の多い魔法のこと。そのため、固有魔法を使える人は重宝されていた。

そんな世界で、主人公は固有魔法を所有していた。

「この魔法は何だ？」

相手の魔法を無効化する能力。

最初は戸惑いを隠しきれなかったが、徐々に使いこなせるようになっていき、パーティの土台を担うほどになった。

（これで、俺も足手まといではない）

そう思っていたが、仲間にはその存在すら認知されずに蔑まれてしまう生活を送る。

だが、あるパーティとの出会い、それに加えて新たな仲間と出会うことによって、仲間たちと徐々に成り上がっていく。

一章　追放

「サボってばかりいるレオンは俺たちのパーティにはいらない」

ロイドに突然追放を言い渡された。

「え？」

「だからお前を追放するって言っているんだよ」

「どこらへんがサボっているんだよ！」

意味が分からなかった。今まで戦闘を行う際、敵が放つ魔法すべてを無効化していたし、十分パーティに貢献していると思っていた。

(それなのになんで……)

「逆に聞くが、お前は何をしていたつもりだったんだ？」

「戦闘中に来る魔法をすべて無効化していたじゃないか！　それに戦闘だって一緒にしていた」

そう。モンスターが放つ攻撃魔法や、バフ魔法やデバフ魔法をすべて無効化してきた。呪い魔法を無効化したのだって一度や二度じゃない。

「は？　そんなことお前にできるわけないじゃないか。一緒に戦っていたことなんてあんまりなかったろ！　はっきり言ってやるよ！　お前がやっていたのはただの荷物持ちだ。そんな奴《やつ》このパーティにはいらない」

（荷物持ち？）

ロイドが何を言っているのか理解できなかった。今まで荷物を持たせられていたのはわかっていた。でもそれは他のメンバーが俺より肉体的に大変だと思っていたからだ。

「考えてみろよ！　モンスターが魔法を放ってきていたのにお前たちに魔法がいかなかったじゃないか！」

「まず低級モンスターが魔法を使えるはずがないだろ！　それにもしモンスターが魔法を使うとしたらBランクやAランクの上位モンスターだけだ！」

（ロイドは本気で言っているのか？）

低級モンスターでも魔法は使っていたし、そんなこと冒険者界隈《かいわい》では知っていて当たり前のことだと思っていた。だから俺は少し大きな声をあげてしまった。

「そんなバカな話ないだろ！　俺が魔法無効化《キャンセリング》をしていたからお前らは魔法攻撃をされていないと思っていただけだ！」

「だから何度も言っているが低級モンスターは魔法を使わないし、今まで戦った上位モンスターも魔法を使ってこなかったじゃないか」

使ってこなかったんじゃない。俺が魔法無効化《キャンセリング》していたんだ。

（それにロイドは気付いていないのか？）

「じゃあお前は本当に低級モンスターや中級モンスターは魔法を使わないと思っているのか？」

例えば初級モンスターであるゴブリンだって火玉《ファイヤーボール》は使っていたし、中級モンスターであるゴーレムだって身体強化魔法を使っていた。

「あぁ。何度も言っているが実際にそうだったじゃないか！　今まで戦ってきたモンスターで魔法を使ってきた奴なんていなかった」

「それは俺が魔法を無効化していたからで」

「だからそれが嘘《うそ》だって言ってるんだよ！」

もう何を言っても無駄なのか……。そう思った途端に馬鹿らしくなった。

「わかったよ。そっちはそっちで頑張れよ」

「あぁ。早くパーティから出ていってくれないか？　お前に払っていた金すらもったいなくてしょうがないんだ」

「今までありがとな」

俺はそう言ってこの場を後にした。

ここからSランクパーティが没落していくことにロイドたちは知る由もなかった。そしてどれだけ魔法無効化《キャンセリング》の恩恵にあずかっていたのかをまだ気付いていなかった。

◆

（これからどうするか……）

一応Sランクになってはいるが、今から同ランク程度のパーティに加入できる可能性も低いしな……。

（はぁ～）

いろいろ考えると今後のことが不安になっていった。でも考えたところで何かきっかけが生まれるわけでもない。

俺はクエストを受けに冒険者ギルドに向かった。受付嬢の前に行くとすぐさま話しかけられた。

「レオンさんお久しぶりです」

「カナンさんお久しぶりです。良いクエストとかありますか？」

「はい！　今ですとAランクモンスター――キメラの討伐がありますがどうしますか？」

「いえ、ありがたいのですがもう少しランクの低いのでお願いします」

俺一人でキメラを倒すことはできない。

「え？　そういえば他の皆さんは……？」

「それが、昨日パーティから追放されてしまいまして。あはは……」

するとカナンさんは驚いた顔をしながら俺を見てきた。

「え!?　なんでレオンさんが……。あんなに頑張っていたのに」

「馬が合わなかったんだと思います。そんなことよりもオススメのクエストとかありますか？」

話をクエストの方に戻した。俺だってパーティ追放されたことはショックだし、カナンさんだってこんな話をされても困るだけだ。

「えっと。ではどうします？　簡単なゴブリン＆コボルト退治にでもしますか？」

「ではそれでお願いします」

「はい。では受注処理しますね」

カナンさんがそう言うとすぐにクエストを受注処理してくれた。俺はすぐさまギルドを出て、近くの森に向かった。

それにしてもゴブリンとコボルト退治なんて久しぶりだなぁ。少し懐かしい感じがした。なんせ元いたパーティで最初に受けたクエストがゴブリン退治だった。

（でも今の俺だとこれが無難だよな）

そう。現状一人でどこまでやっていけるかわからない。だから低級モンスターから戦っていくのが大切だ。

そう思いながら歩いていると、すぐ目的の森に到着した。

（あれ？）

前なら森に入ったらモンスターの気配がした。なのにモンスター一匹すらいない……。

（なんでだ？）

しょうがなく森の奥に進んでいくと、徐々に瘴気《しょうき》が漂ってきた。今までの経験が言っている。これ以上進んではいけないと。でもモンスターがいない以上、行くしかない。

（でも……）

こういう時の感覚はバカにできない。そう思っていた時、声が聞こえた。

「避《よ》けて！」

「??」

俺はすぐさま声のした方に向かう。するとそこにはゴブリンやゴブリンマジシャン、ホブゴブリン数体がいた。俺はすぐさま戦っているパーティに加勢しようとして、ふと気付いた。

（あれ？　もしかして……）

「ソフィー？」

「え？　レオ？」

「今は目の前の敵に集中しよう」

「うん」

「俺がゴブリンマジシャンを相手する」

「わかった！」

そう言って幼馴染《おさななじみ》であるソフィアたちの援護に入った。まず一番苦戦していたゴブリンマジシャンの魔法——火玉《ファイヤーボール》や、風切《エア・カッター》を魔法無効化《キャンセリング》すると、ソフィーの仲間がうまく斬り倒してくれる。

そしてホブゴブリンが使っている身体強化魔法も魔法無効化《キャンセリング》する。それを見計らったかのようにソフィーがホブゴブリンを攻撃して倒す。

（これで少しは楽になった）

でもまだ数体残っている。俺はすぐさま先程同様、魔法無効化《キャンセリング》すると同時にゴブリンマジシャンに近づき、斬り倒す。それと同時並行でソフィーたちのパーティもホブゴブリンを倒し始めていた。

（これなら勝てる）

そう思いながらもゴブリンマジシャンやゴブリンを倒していく。同時にホブゴブリンが身体強化魔法を使おうとしたら魔法無効化《キャンセリング》してそれを阻止する。そんな攻防が十分ほど続いたところでゴブリンたちを倒しつくした。

（終わったんだよな？）

周りを見るとソフィーたち、パーティメンバーが安堵《あんど》しているのを見て俺も少し気が抜ける。

するとソフィーたちが俺に近づいてきた。

「助けてくれてありがと」

「冒険者として困ってる人を助けるのは当然だろ。それにそのパーティが知り合いのパーティなら尚更《なおさら》だよ」

「うん。ありがと」

それでもソフィーと他二人が深々と頭を下げてきた。

「それよりもなんでゴブリンマジシャンやホブゴブリンに苦戦していたの？　いつものソフィーたちなら苦戦しないよね？」

そう。俺がSランクパーティにいた時、何度かソフィーたちのパーティと会ったことがあるが、確かソフィーたちはBランクパーティだったはずだ。

ゴブリンマジシャンやホブゴブリンは強く見積もってもCランク程度。そんな相手に苦戦するは

ずがない。

「ワイバーンのクエストが終わって帰っている途中だったから」

ソフィーから理由を聞いて納得した。流石《さすが》にAランク寄りのBランクモンスターであるワイバーン討伐をした後、Cランクモンスターと連戦するとなると苦戦もするはずだ。

「それよりもレオはなんで一人でクエストを受けていたの？　お小遣い稼ぎ？」

疑問に思ったので、尋ねてくる。

「俺、パーティ追放されてさ……。今一人なんだよ。アハハ」

最初は本当のことを言おうか迷った。もし本当のことを言ったら、ソフィーたちはどんな反応をしていいかわからないと思ったから。

でもいずれはバレると思い、覚悟を決めて話した。案の定、全員何を言っていいかわからないといったような顔をしていた。

（まあ普通そうだよな）

そんななか、ソフィーが話し始めた。

「じゃあさ。私たちのパーティに入らない？」

「え？」

その言葉にソフィー以外の全員が驚いた。そりゃあそうだ。全員と顔見知りではあるが、きちんと話したことがあるのは幼馴染であるソフィーだけだ。

はっきり言って、ソフィーは他のパーティメンバーの意見を聞かずに言っているようだった。

「だから一緒のパーティに入らないかって言ってるの！　今、私たちのパーティに魔法使い専門の人がいないからレオならいいかなって思ってさ！　それにレオの実力なら申し分ないしね！」

「誘ってくれてるのは本当に嬉《うれ》しいけど、実力的な問題じゃなくてパーティ的に問題があると思うよ。だってソフィーと俺は昔からの仲だからいいけど、他の人たちはそうじゃないだろ？　ちゃんと話したことだってないんだからさ」

「みんなはレオのこと嫌？」

ソフィーが二人に尋ねると、なぜか首を横に振った。

（え？　なんで？）

二人が拒否しなかったことが疑問でしょうがなかった。なんせきちんと話したことがない奴がいきなり仲間になるんだ。

（普通断るだろ！　命を預ける存在だぞ？）

「みんなも頷いてくれたし、後はレオ次第じゃない？」

「……。お二人に聞きたいのですが、なんで了承したのですか？」

すると二人の内の一人である女性が話し始めた。

「私的にはソフィが信用できる人ならいいかなって思ってる。それに初対面ってわけじゃないじゃない？　もともと何度か顔は合わせていたし、今日助けてくれたのが信用につながると思わない？　ジャックもそう思わない？」

「あぁ。俺もミルシェに同意見だ。さっき助けてくれなかったら、俺たちの内の誰かが重傷を負っていたかもしれないしな。あとソフィアも言っていたが、今の俺たちの中に、きちんと魔法使いと言える奴はいない。だからレオンさんが入ってくれるのは歓迎だぞ」

（二人ともどんだけ優しいんだよ！）

「じゃあお言葉に甘えて入れさせてもらおうかな？」

するとソフィーが叫びだした。

「や、やったー！」

「そうね！　やっと四人になったしね！」

「あぁそうだな」

一応パーティメンバーになったため、改めて全員で自己紹介を始めることになった。

「じゃあ私からね！　パーティリーダーであるソフィア・リークレット！」

「次は私ね！　ミルシェ・ゾイロイドよ」

「順番的に俺だな。ジャック・カールリラだ」

そして俺の番になった。

（あれ？　こんなに緊張するんだっけ？）

「え、えっと。レ、レオン・イーリアスです。よろしくお願いします！」

「「「よろしく！！！」」」

全員が笑いながら迎え入れてくれて、なんで緊張していたのかわからなくなってきた。

「てかレオン、自己紹介してる時噛《か》みすぎ！」

笑いながらソフィーが言ってくる。すると他の二人も笑い始めた。

「きんちょうするから！」

俺はそう答えながら四人でギルドに戻っていった。

その途中で、ふとクエストのことを思い出す。

「あ！」

「ん？　どうしたの？」

「い、いや〜」

仲間なんだから相談するのが一番だろうけど、数時間前に仲間になったばかりの奴が図々《ずうずう》しく頼むのはな……。

ソフィーたちが何もクエストを受けてない状態だったら考えずに相談できたさ。でもワイバーンと上位種のゴブリンを討伐している時点で体力的にもきついと思う。ここはうまく俺だけ抜けてコボルト退治に行こうと思っているとソフィーが言う。

「はっきり言いなよ！　仲間じゃん！」

「そうだよ！」

「あぁ。仲間になったばかりとはいえ、頼られない方が俺的にはきついな」

ジャックの言う通りだな。俺だって仲間に頼られなければ精神的にきつい。どんなことであろうと頼られるということは信用されている、必要とされているってことだ。

元パーティメンバーも最初はいろいろと頼ってくれたが、最後の方は荷物持ちとしてしか頼られなくなった。それでも荷物持ちを頼まれることでさえ、俺は嬉しかった。

そんな大切なことを忘れていたことが恥ずかしくなった。深く頭を下げて謝る。

「……。ごめん。まだ俺のクエストが終わってなくてさ」

すると、全員嫌な顔一つせず言ってくれた。

「レオって前からおっちょこちょいだよね？　それでどんなクエスト？　今日中じゃなきゃダメなの？」

「もっと早く言えよ！　今日中じゃなければ明日にでもやろうぜ！」

「ちょっと二人とも！　今日中のクエストかもしれないでしょ！　今持ってるポーションとか確認して！　ほら早く行きましょ？」

目を見開いて驚いた。元パーティメンバーに言ったらこんな言葉をもらうことはなかっただろう。

「レオが最後尾でどうするの！　早く早く！　それよりどんなクエストなの？」

「あぁ」

ソフィーに言われるがままみんなの近くに寄って話し始める。

「ゴブリン退治とコボルト退治なんだ」

「え？　そんなクエスト受けてたの？」

ミルシェにそう言われてビクッとしてしまった。

(失望されただろうか)

「うん」

「ラッキーじゃない！　ジャック！　コボルトの牙とゴブリンの耳って持ってたよね？」

「あぁ。一応、金にはなるしな！　じゃあそれをレオンに渡せばいっか！」

「ありがとう。でもお金は払うよ！」

そう言うとジャックが俺に近づいてきて、軽く胸にこぶしを当ててくる。

「なぁレオン？　なんでそんなに壁を作るんだ？　俺はもうお前を仲間だと思ってるぜ。それはみんなも一緒だと思うぞ？」

「ごめん。でも俺はみんなの輪に入れさせてもらった身。そんなに図々しくしていいのかなって思って」

嘘だ。こんなのただのいいわけである。本当はみんなのことを信用しきりたくないだけ。もし信用しきったら、元のパーティにいた時のような気持ちなるかもしれない。

(悲しい、苦しい)

あの時のような感情をもう一度味わってしまったら……。そう考えたら信頼するのが怖くて仕方がなかった。

「別にみんなそんなこと考えてないと思うけどな。でもレオンが考えていることもわかるぞ？　周りはみんな信頼しているのに、俺だけまだ馴染めてない。だから入ってうまくやっていけるのか？　そう考えているんだろ？」

「……」

間違ってはいない。でも違う……。

「そんなこと考えるなよ！　俺たちは誰でもいいわけじゃない。お前だからいいって思ったんだ！」

「でもまだ会って数時間だし」

「それは違うぞ。仲間っていうのは時間をかけて信用を勝ち取るものであり、最初は自分から見てそいつが信用できる存在なのかだ。俺はお前がそれに値すると思っている」

そう言ってもらえると嬉しい。

「ありがとな」

「それに今言っておく！　俺たちはお前を見捨てたりなんてしない！　どんな状況であろうとレオン！　お前を信じる。だからレオンも俺たちを信じろ！」

「!!」

その言葉を聞いて、今まで考えていたことを後悔する。

「あ、たまにはジャックもいいこと言うね！」

「ほんとにね！」

「たまにはってどういうことだ！　いつもいいこと言うだろ！」

「そうかな～」

「ね～」

「レオンも何か言ってあげなよ！」

「……。あはは。ジャックサンキューな」

「え？　そっち！」

俺の返答に三人が笑う。

「それにさ！　レオ？　私たちであんな奴らを見返してやればいいじゃない！　今の私たちはあいつらよりランクは低いけど、今後見返してやればいいじゃない！」

「そうよ！」

「あぁ！」

すると三人がこぶしとこぶしを合わせていた。

「レオも早く！」

「あぁ！」

俺も三人のこぶしに自分のこぶしを合わせていった。

「これから私たち――銀色の風であいつらを見返してやろー」

「「「おぉ～!!」」」

いろいろな温かみを知り、初めて仲間たちと冒険がしたいと思った。

二章　昇格クエスト

冒険者ギルドに到着して一旦ソフィーたちと別れてクエスト達成の報告をしに行く。

「よろしくお願いします」

カナンさんにゴブリンの耳とコボルトの牙を渡す。

「お疲れ様です。これでクエスト達成ですね！」

「はい！」

「それで明日からはどうしますか？　もう少し高ランクのクエストを受けますか？」

そういえばまだ正式に銀色の風に加入したわけじゃなかったんだ。

「いえ、新しく加入するパーティが決まりましたので、そちらでクエストを受けさせていただきます！」

すると驚いた様子で祝福される。

「おめでとうございます！　レオンさんならパーティを探すのにそこまで時間はかからないと思っていましたが、こんなに早く決まるとは思ってもいませんでした！」

「ありがとうございます。ですので明日手続きをさせていただきます！」

「わかりました！　今後ともよろしくお願いしますね！」

「はい」

カナンさんとの会話が終わり、みんなのところに向かう。するとソフィーから布袋を渡されて何かわからず受け取る。

「え？　何これ？」

「今日のクエスト報酬分だよ！」

「ん？　なんで？」

「なんでって一緒のパーティじゃん！」

「いやいや！　受け取れないよ！」

俺はそう言ってソフィーに報酬を返す。でももう一度押し付けられる。

「受け取ってよ！」

「え……」

ジャックとミルシェも頷《うなず》いていた。それもみんなが納得している顔をしていて理解できなかった。銀色の風に入ることは決まっているが、まだ正式に加入しているわけじゃない。

それにワイバーン討伐に関わったわけでもないし受け取るわけにはいかない……。

「俺、ワイバーン討伐に参加してないよ？」

「でもゴブリン退治には参加してくれたじゃん！　あの時援護してくれなかったら、最悪の場合誰かが死んでたかもしれない。だからそれはきちんと受け取って！」

「そうだぞ！　遠慮するな！」

「そうそう」

みんなが言う流れで報酬を受け取る。

「あ、ありがとう」

「うん！　それで今からレオのパーティ申請しようと思ってるけどいい？」

「あぁ。こっちこそ今からでいいのか？」

「そりゃあ早いに越したことはないだろ！」

「そうそう。逆に明日になってレオが他のパーティ入ってたら困るしね！」

みんなが笑いながら言ってくる。

「じゃあ頼もうかな」

「わかった！」

みんなと一緒にカナンさんのところへ向かい、銀色の風加入の申請手続きを始める。

「あれ？　もしかしてレオンさんって銀色の風に入るのですか？」

「はい。カナンさんって銀色の風担当だったんですか？」

お互い驚いた顔で話す。普通上位冒険者には担当受付嬢がいる。それをカナンさんは二つも掛け持ちしているのがわかって驚いてしまった。

「いえ、私とこの子――チャイザさんの二人で担当しているのですよ！」

「あぁ。そういうこと」

「チャイザです！　よろしくです」

見た目からしてドワーフのチャイザさんが言ってくる。

「はい！　今後ともよろしくお願いします」

それから手続きをして、正式に銀色の風へ加入した。

みんなが喜びながら俺に「よろしく」と言ってくる。その言葉に喜びを感じつつ、少し恥ずかしくもなった。するとカナンさんが言う。

「銀色の風は今日のクエストでAランクの昇格テストを受けることができますけど、どうしますか？」

全員の顔を窺うと、みんな思っていることは一緒だった。

「「「はい！　よろしくお願いします！」」」

「ではクエスト内容を説明しますね！　内容は漆黒の森でキメラの翼を入手することです」

それは俺がAランクになる時に受けたクエストとは違い、少し難しい内容になっていた。

以前ならAランククエストでもBランクの人がクリアできるクエストであったが、今回の試験会場である漆黒の森はBランクモンスターがうじゃうじゃいる場所だ。また、それ以上のモンスターもたくさんいる。

そのため、漆黒の森はAランク適性のある場所だ。それに加えてキメラはAランクになり立てでも倒すのが困難な敵。

（結構難しい試験になったんだな。でも俺的にはラッキーだな）

「わかりました」

俺が考えているところで、ソフィーがカナンさんに了承をした。そしてみんなで一緒にギルドを出る。

「キメラだってさ！　レオは倒したことある？」

「あぁ。そこらへんは明日話すよ」

「うん！　それでレオってどこに泊まってるの？」

ソフィーから宿を尋ねられたので、場所を教える。すると驚いた表情で言われた。

「え!?　あんな場所に住んでるの！　なんで？」

「いや、一応はパーティに加入してなかったしね。お金を節約しなくちゃいけないと思ってさ」

「そっか～。じゃあ私のところに泊まる？」

「え？」

その言葉に俺は立ち止まってしまった。

(ソフィーのところに泊まる？　いやいや、いくら幼馴染《おさななじみ》とはいえ無理だろ!!)

二人を見ると俺と同じく驚いた顔をしていた。

「あれ？　なんか変なこと言った？」

「ソフィ？　幼馴染だからって異性と一緒に泊まるっていうのはちょっとね。彼氏とかならまだわかるけど……」

するとソフィーの顔が一気に赤くなる。

「違う違う！　そうじゃないの。同じ宿に泊まらない？　って意味なの！　同じ部屋って意味じゃなくて……」

（あ〜。そういえばそうだったな）

前からソフィーは言葉が少し足らない時があった。だから昔から勘違いされることがちょくちょくあって大変だったな。ここ最近一緒にいなかったから忘れてた。

「あぁ。じゃあその宿を教えてもらおうかな」

「うん！　でも……」

「ん？　なんか言った？」

ごにょごにょ言っているが聞き取れなかった。

「何でもないよ！　じゃあ行こっか！」

そう言われて全員で同じ方面に歩き始めた。

（あれ？　みんな同じ宿なのか。まあ考えてみればそれが普通か）

パーティなら同じ宿に泊まるのは当たり前のことだ。クエストの話をする時や、ギルドに向かう時に同じ宿なら行動しやすいからな。でもそれならもうちょっと言葉を選んでほしかったな。

宿に着いてすぐ部屋を取り、みんなと食堂に向かい食事をとる。

「改めて銀色の風にようこそ！　レオ！」

ソフィーに突然言われて驚くが、他の二人も拍手で迎え入れてくれた。

「あ、ありがとな」

「うん！　明日、レオが入って初のクエストだけど頑張ろうね。一応はAランク昇格のテストで大変だとは思うけど」

「あぁ。まあ何とかなると思うよ」

俺がそう言うとみんな驚いた顔をした。

「え？　なんで？　まだ私たちはBランクだよ？　どこからそんな自信が来るの？　やっぱりSランクパーティにいた経験？」

「まあそうだな。それに後でキメラの話をするって言ったけど、キメラ自体は俺と相性がいいからね」

「そうなの？　なんで？」

三人が興味深々で俺を見つめる。

「俺の職業ってわかる？」

「うん！　魔剣士だよね？」

「俺の固有魔法――魔法無効化《キャンセリング》で魔法をすべて無効化することができるんだ」

そう言うと全員が驚いた顔をした。俺ですらこの魔法に目覚めた時驚いたさ。

でもロイドたちには俺が魔法無効化《キャンセリング》を使えると言っても信じてもらえず、あまつさえ使っていても使っていないと言われた。

(嫌なことを思い出したな)

「すごいじゃない！　私も一応魔法は使えるけど、分野が違うもんね」

「確かソフィーは聖騎士だよな？」

「うん！　ちなみにミルシェが弓使いでジャックが戦士なの！　勧誘する時にも言ったけど、銀色の風で魔法が使えるのが私しかいなくて困っててさ」

まあ今の話を聞く限りそうだよな。戦士なんて魔法を使うことができないし、弓使いは後衛職かつ弓に特化した魔法が使えるだけだ。聖騎士は回復魔法を使えるが攻撃魔法はあまり使えない。

「そっか。今後俺がカバーできるところはするよ」

「うん！」

「それで話を戻すけど、キメラは火、風属性の魔法が主な攻撃方法なんだ。だからその攻撃魔法を魔法無効化《キャンセリング》で無効化しつつ四人で攻撃すれば勝てると思う」

もう元パーティにいた時みたいな過ちは犯さない。

俺が戦うことで勝つ可能性が上がるならそれが一番だ。俺がどれだけ負担を負っても。

「そっか！　じゃあどんなフォーメーションで戦う？」

「いつもはどんな感じなんだ？」

「いつもは私が後衛でサポートしつつ、ソフィとジャックが敵を倒すってフォーメーションです。なので私の意見としてはレオンには中衛に入ってもらいたいと考えています」

「あぁそうだな。レオンが中衛にいれば、前衛、後衛のサポートができる。それだけで安心感が違うからな」

俺も二人の言葉に納得する。俺が中衛をやればみんな安心して戦うことができるだろう。以前の銀色の風なら、ミルシェが危険な状況になりそうになったらソフィーかジャックがサポートしに行っていたと思う。

でもそうすると逆に前衛が手薄になる。だから俺がこのパーティに足りない部分を補うことができるってことだ。

「了解！」

「え？　私の意見はなし？」

少し笑いながらソフィーが言ってきた。

（あ、そういえばソフィーの意見を聞くの忘れてた）

「ごめんごめん。ソフィーは何か意見ある？」

「まあないけどさ！」

「「ないんかい！」」

「あはは〜」

まあソフィーは前からこういうところがあったからな。

（本当にかまってちゃんだな！）

「じゃあ明日の朝出発でいい？」

「「了解！！！」」

全員が頷いて食堂を後にした。部屋に戻って明日のことを少し考える。さっき戦う方針が決まったが、まだみんなの実力を俺は知らない。それは向こうも同じなはず。

それにこのメンバーで初めてのクエスト。うまく連携できるか不安だった。

とりあえず覚悟を決める。俺をよく知らなくても仲間として迎え入れてくれたみんな。危機的状況になったら、そんな人たちを見捨てたりなんてできない。

(もしそんなことになったら俺が……)

そう思いながら就寝した。この時はまだ俺の真なる実力に誰も気付いていなかった。

翌日。みんなと食事をとって漆黒の森に向かう準備をする。現在いる場所――カルカードから一週間程かかる。

二時間ほどかけて全員の準備が終わったところでソフィーが尋ねてきた。

「ねえ、馬車とかはどうするの？」

「それなら大丈夫だ。俺の知り合いに馬車を貸してくれる人がいるからその人に頼もうと思う」

「そっか！　じゃあ早速向かおっか！」

「そうだな」

俺とソフィーがミルシェやジャックへ相談なしに話を進めてしまったが、二人とも嫌な顔せずに頷いてくれた。

俺が三人を誘導して知り合い――バミーシャのところに向かう。

「ねえ。その知り合いって人とはどうやって知り合ったの？」

なぜかジト目で尋ねられた気がした。

(どうしたんだ？)

まあ気のせいだよな。そう思いながら答える。

「前のパーティの時にお世話になった人だよ」

バミーシャは低ランクの時から手助けをしてくれた人だ。それに加えて所属のパーティで人を見るわけではなく、個々で話してくれていた。

そう思っている間にバミーシャのいる場所に着く。

「ここ？」

「あぁ」

一軒家の周りに馬がたくさんいる。俺たちはその一軒家に入ろうとした時、かすかに声が聞こえた。

「レオ……」

「ん？」

呼ばれたと思い周りを見渡す。すると茶色の髪を揺らしながらバミーシャがこちらに走ってくるのが見えた。

「レオンどうしたの？　みんなはどうしたんだい？」

「あのパーティから追放されてさ。あはは。それよりも馬車を貸してほしい」

俺が言った言葉に対してバミーシャが少し険しい顔をした。

「そりゃあ災難だったね。でもわかっていたよ。最初こそ仲がよさそうだったけど、ここ最近はあんまりって感じだったから」

「わかってたんだね」

やはりこうなると見抜かれていたか。

「そりゃあ長い付き合いだからね！　それで後ろの人たちが新しいパーティメンバーってこと？」

「そうだよ！」

「そっか。まあレオンならいろいろなところからオファーが来るのは当然だろうからね」

「え？　そうかな？」

バミーシャの言葉に驚いた。なんせ元パーティメンバー……ロイドには使い物にならないと言われていた。だから昔から絡みがある人にもそう思われていると思っていた。

「そうだよ！　でもよかったじゃん！　それよりも馬車だよね？」

「うん。頼める？」

「いいよ」

そう言ってバミーシャが二頭の馬を連れてきた。

「この子たちは私の中でもトップクラスの馬たちだから貸してあげるよ！　お金はまあ任せるよ」

「「「ありがとう（ございます）」」」

するとソフィーがバミーシャに話しかける。

「この度は馬車を貸していただきありがとうございます！　それでレオンとはどのような関係で？」

「どのような関係も何も、ねぇ？　レオン？」

「え？　俺に言われても……。しいて言えば仕事仲間？」

そう言うとバミーシャの機嫌が少し悪くなった。

「この子をからかいすぎたね！　レオンが言う通り仕事仲間だよ！」

「あ、そうですよね……。不躾《ぶしつけ》な質問をしてすみません」

なぜかソフィーは顔を少し赤くしていた。

「いいよ。それよりもレオンを頼むよ」

「はい！」

バミーシャがそう言って馬車を貸してくれた。俺たちは改めてバミーシャにお礼を言ってこの場を後にした。その時後ろの方から声がうっすら聞こえたがなんて言っているのかわからなかった。

「レオンを……、あのパーティはもう終わりだね」

四人で馬車の操縦を交代しながら向かう。

道中、何度も戦闘が起きるが、どれも雑魚《ざこ》モンスターであったため、近距離ならソフィーかジャックが倒し、中遠距離なら俺とミルシェが倒す。

そして難なく漆黒の森付近まで着いた。

(空気が重い)

そう思えるほど、辺り一面が霧で包まれていた。それに加えてモンスターも強くなっていた。最初に戦っていたモンスターはせいぜいDランク以下だったが、ここ最近はCランクモンスターばかりだ。

みんな疲れることなく倒してはいるが、やはり旅の当初に比べて倒すまでのスピードが落ちている。やはり漆黒の森付近というべきか。モンスターが強くなっているのもそうだが、霧のせいで視界が悪くなっている。

そしてとうとう、漆黒の森に到着した。

(やっと始まるのか)

馬車を降りると、全員少しこわばった顔をしていた。まあそうだよな。俺だって初めてここに来た時は不安だったし、今ですら少し不安がある。それに加えて今回はAランク昇格のためのクエスト。失敗することはできない。

(当然か……)

でもすぐソフィーだけが表情を変えて話し始めた。

「ギルドは私たちがクリアできると思ってこのクエストを提示したんだよ？　だから前向きにいこ？　それに今回からレオがいるんだからいつもより安全に戦えるって」

その言葉でミルシェとジャックの顔色が先程より良くなった。

「そうだよな。少し気負いすぎていたわ」

「ええそうね」

全員の雰囲気が良くなり始めて少し安心した。さっきの状況のまま森に進んでいたら多分いつもの半分も実力を出せない可能性があった。

(それにしてもすごいな)

ソフィーも緊張していたはずなのに、彼女の一言でパーティの士気が上がった。きちんとリーダーをしているんだなと実感する。

「じゃあこの前のフォーメーションで戦うってことでいいよね？」

「あぁ。でも入る前に一つ言ってもいいか？」

するとと全員が疑問そうな顔で俺を見てきた。

「一応、この森での決め事を話しておこうかなって思ってさ」

「了解。もし何か言いたいことがあったらレオが話した後に言おう！」

ソフィーがそう言うと、二人は頷いた。そこから俺は漆黒の森でどのように立ち回るのかを話し始めた。

【誰も死なないこと。もし強敵に会ったら真っ先に逃げること。そしてできるだけ戦わないこと】。これが俺にとって最重要だったから伝えた。

それを言い終えるとソフィーが少し怒った顔で言った。

「強敵って？」

「俺も話でしか聞いたことがないけど、漆黒の森にはSランクモンスターがいるらしい」

すると全員が驚いていた。

「まあ漆黒の森自体がでかいから会うことはないかもだけど、一応頭の中に入れておいてほしい」

「了解！　それと私からも一つ。できるだけ戦わないってどういうこと？　普通見つけたら戦わない？　先手を取られるのは戦闘においてやってはいけないことだと思うのだけど」

「一般的にはな。でも今回は俺はみんなの、みんなは俺の実力を知らないだろ？　そんな中で毎回戦ったら体力的にきつい。それに加えて今回狙うのはAランクモンスターだ。俺は戦ったことがあるけど、みんなはないと思う。そんな状況では勝てる戦いも勝てなくなってしまう」

そう。体力がない状態で戦うのは厳しい。それはこの前戦った時に全員が身に染みてわかっているはずだ。それに加えてみんなは戦ったことのない相手だ。

それは情報がほとんどないってこと。人から聞いた時の情報より、自分が戦って得た情報の方が実用的だし、経験にもなる。だから今回は極力戦わない方針にした。

「そっか。わかったわ！」

「俺は何もないぜ」

「じゃあレオ！　道案内よろしくね？」

全員から了承を得てからソフィーに道案内を頼まれた。まあ頼まれなくても俺がやる予定だったし、指示してもらえると助かる。

「了解。キメラがいそうな場所に向かうよ」

そう言って漆黒の森に入った。辺り一面濃い霧でおおわれている。

(前もこんな濃かったか？)

そう思いながらキメラがいそうな方に向かう。するとオーガ三体と遭遇する。まあわかってはいた。戦わないように歩いていても見つかるのは時間の問題だったから。

「では話したフォーメーションで戦いましょう！」

「「了解」」

オーガとの戦闘が始まった。まずミルシェが一体のオーガの足を潰した。その一瞬怯《ひる》んだすきを逃さずソフィーがオーガの首を斬り落とす。

その時、オーガ二体がソフィーに殴りかかった。それを俺とジャックでカバーする。ソフィーの体勢が整うまで一旦防御に徹しオーガと距離をとる。

するとオーガが身体強化魔法を使おうとしていたので、俺が魔法無効化《キャンセリング》する。そこにソフィーとジャックが息を合わせてオーガ一体を倒す。

そして、ミルシェが放った矢がもう一体の目を潰す。俺は怯んでいるのを見逃さず、オーガの脛《すね》を斬ってから首を斬り落とす。

(すごい。うまく連携できている)

Bランクモンスターであるオーガ三体に対してスムーズに戦闘が行えた。すると全員が安堵《あんど》したような表情から笑顔になり、ジャックが言う。

「やれるじゃん！」

「ね！」

「そうだね！」

「あぁ。一旦休憩してから進もっか」

俺の提案にみんなが頷き、軽い反省会と雑談が始まった。

休憩も終わり、キメラ探しを再開する。前回遭遇した時は木があまりない平地で霧が薄い場所にいた。俺の予想だが風魔法を使うため、霧が薄くなってしまうのだろう。

それに加えて、平地にいるのは火魔法を使うからだろう。この二つの予想から森が破壊されずに済んでいるのだと推測される。

当面は平地を探しながら歩き回る。道中オーガやオークと何回か戦った。オーガやオークは飛ぶことができないため、俺たちのパーティにとっては都合の良いモンスターであった。そのため、難なく倒すことができた。

そんなこんなで休憩を何回かはさみながら探策していると、俺たち銀色の風にとって相性の悪いモンスター――ロック鳥《ちょう》と対面してしまった。

空を飛ぶモンスターに対応できるのは俺とミルシェの二人。ソフィーも対応できるが、地上で戦うよりも苦戦をするのは目に見えていた。

「Aランクモンスターだね……」

「あぁ。でも戦うしかない」

俺がそう言うと全員が頷いて戦闘態勢に入ろうとした時、ロック鳥《ちょう》が威嚇をしてきた。

「「「!?」」」

俺以外全員が怯んだ。ロック鳥《ちょう》はそれを見逃さず突進してきた。

(クソ)

唯一動ける俺が、みんなを守るようにロック鳥《ちょう》の攻撃を受け流す。でもAランクモンスターだ。

無傷のはずがない。腕にしびれを感じて少し動かなくなった。

「レオ！」

「俺のことはいいからみんな戦闘態勢に入ってくれ！」

すると、俺のいる位置を軸にしながら最初に話し合ったフォーメーションを組んだ。ロック鳥《ちょう》が飛んで様子をうかがっている時、ミルシェが弓で攻撃を仕掛ける。でも難なくかわされた。

（まあ当たり前だよな……）

ミルシェの腕が悪いわけじゃない。Aランクモンスターの中でも随一の速さを持つロック鳥《ちょう》に当てるのは至難の業。でも俺かミルシェが地上に下ろさない限り、前衛の二人は何もできない。

そこで俺はミルシェに指示する。

「もう一度さっきと同じようにロック鳥《ちょう》を狙って攻撃してくれ！」

「え？　でも当たらないかもよ？」

「いいから。頼む」

「うん。わかった！」

ミルシェがすぐさまロック鳥《ちょう》めがけて攻撃をするが、彼女の予想通り避《よ》けられる。

俺はそこを狙って風切《エア・カッター》を使い、ロック鳥《ちょう》の羽に攻撃する。すると、予想通り風切《エア・カッター》が当たり、地上に落ちてきた。

（よし！）

「ソフィー、ジャック頼む！」

「――わかった――」

ジャックがロック鳥《ちょう》の足を狙って攻撃を仕掛ける。でもギリギリのところで避けられてしまった。

（クソ）
そう思った時、ロック鳥《ちょう》が避けた方向にソフィーがいて羽を斬り落とす。それを見逃さず俺とジャックが両足を、ミルシェが目を狙って攻撃をする。

「ブギャァァァア」

全員の攻撃が当たり、ロック鳥《ちょう》が叫び声をあげた。

（あと少しだ）

そう思った時、ロック鳥《ちょう》が風竜《ハリケーン》を使ってこようとしてきた。

「魔法無効化《キャンセリング》!!」

ギリギリのところで風竜《ハリケーン》を無効化することができた瞬間、ソフィーがトドメを刺した。

「あ、危なかったね……」

「あぁ」

全員が安堵する中、ソフィーが俺に近づいてきた。

「それよりも腕大丈夫？」

「少しは動くようになったよ。剣は片手でも使えるしね」

「でも回復するよ！」

「ありがとう」

ソフィーの回復魔法で片腕のしびれがなくなる。

「どう？」

「あぁ。もう大丈夫」

するとも気が抜けたのか、ソフィーが座り込んでしまう。みんなもそれに続くように座り始めた。

俺も一旦座って休み始める。

「でもAランクモンスターを倒せたってことはキメラも倒せるよね？」

「あぁ。ロック鳥《ちょう》に比べてキメラの方が戦いやすいからね」

「あれよりもキツイとか笑い事じゃねー。でもレオン、ナイスだったぜ」

「そうそう！　レオンがいなかったら危なかった」

「あはは。でもまだクエストは達成してないから気を緩めちゃダメだよ」

俺がそう言うと全員が頷いた。でも今回の戦いでキメラには勝てると思った。なんせキメラはロック鳥《ちょう》に比べて飛ぶことが滅多《めった》にない。

「それにしてもB、Aランクモンスターがこんなにいるとかやばいね」

「あぁ。三人で来てたらどうなっていたことか」

「そうね」

「まあ戦うことはできてるからこのまま慎重に行こう」

全員でもう一度気を引き締める。そこから少し長めの休憩を挟んでキメラの探索を始めた。ロック鳥《ちょう》と戦った場所から少し歩いたところに平地があり、そこに向かおうとした時、その姿を発見した。

「あ、あれがキメラ……」

「そうね。でも殺《や》るしかない」

「じゃあ隙をついて戦いを仕掛けよ！」

「あぁ」

全員が息を合わせて攻撃を仕掛ける。こうしてキメラとの戦いが始まった。

ソフィーとジャックが左右に分かれて時間差で攻撃をする。それをカバーするように俺とミルシェで攻撃する。そうしてキメラの尻尾を斬ることができた。

（よし！）

だがキメラはほんの一瞬怯むだけでジャックに炎玉《かえんだん》を仕掛けた。俺が魔法無効化《キャンセリング》で無効化するが、キメラがジャックに向かって切り裂こうとしていく。

それをソフィーがギリギリのところで受け流して態勢を立て直す。

「レオン、ソフィア助かった」

「お礼は後だ。今はキメラを倒そう」

「そうね」

「あぁ」

次の一手としてミルシェがキメラの目を狙って矢を放つ。だがキメラが放つ咆哮《ほうこう》で矢が壊される。その後、ソフィーとジャックがキメラの足と腕を狙って攻撃をするが、素早い動きで避けられる。

（速い）

ロック鳥《ちょう》に比べて一段落ちるとはいえ、それでも速い。こんな攻防を数分間続けているが、ある意味ロック鳥《ちょう》戦よりじり貧だった。

なんせ決め手がない。ロック鳥《ちょう》の時は俺がうまく地上に落とすことができたから勝てたが、キメラは大抵地上にいるため何かしらきっかけが欲しかった。

今、俺が一番重要な役を担っている。だが、魔力が無限にあるわけじゃない。このまま戦っても俺の魔力が尽きて負けるかもしれないと思った。

「ソフィー、ジャック、ミルシェ！　三人で隙をついて攻撃してくれ！　俺がヘイトを買う」

全員が少し驚くが、すぐ反応してくれた。

「わかった！」

「おう」

「わかったわ」

ロック鳥《ちょう》の時はうまくいったが、結局は俺と三人との連携は付け焼き刃だ。なら俺がヘイトを稼ぎながらソフィーとジャック、ミルシェが連携して戦った方がいいと思った。

キメラに対して風切《エア・カッター》や氷床《アイス・フロア》を使って動きを鈍くする。それを見計らってソフィーとジャックが翼を斬り落とす。

「ギャアアア」

暴れだしたキメラに対してミルシェが冷静に矢を目に当てて視界をふさぐ。だがその時、キメラがソフィーに炎息《アトミックブレス》を放とうとした。

(間に合え！)

ソフィーの近くに行きつつ、炎息《アトミックブレス》を無効化した。だがキメラの攻撃はそれで終わらず、ソフィーを噛《か》みちぎろうとした。

その時、俺はソフィーに対して大声で叫ぶ。

「スイッチ！」

ソフィーは驚きながらも一歩下がって俺と場所を変わる。そしてキメラの攻撃を受け流しながら位置を変えて、火魔法を剣に組み合わせて首を斬り落とす。これでやっと三つある首の内の一つを斬り落とせた。するとキメラが叫びだす。

その瞬間、ジャックがうまくキメラの背後をとってもう一つの首を斬り落とした。

（ナイス！）

キメラが逃げようとした時、ミルシェが放つ矢が足に当たり怯む。そこでソフィーが聖剣斬《エクスカリバー》を使い最後の首を斬り落とした。

（使えたのか……）

全員が膝を落とそうとしたが俺がみんなに言う。

「みんな！　平地で隠れる場所も少ない。それに加えて今の戦闘でモンスターがこっちに寄ってきているかもしれない。急いでここを離れよう」

案の定、モンスターの叫び声が近づいてくるのがわかった。素早くキメラの翼を回収してこの場を後にした。平地から少し離れた場所に移動してみんなで腰を下ろす。

「勝ったのよね？」

「あぁ」

「あんなのがAランクってことはSランクってどれだけ強いの？」

「わからないけど、今の私たちじゃ無理よね」

「だな」

ミルシェが言う通り、今の俺たちじゃ勝てない。いや、元パーティメンバーでもSランクモンスターには勝てないだろう。なにせギルドが定めたランクが必ずしもモンスターの実力を反映したものとは限らない。

「まあ軽く休んで早く帰ろう」

「「うん、あぁ」」

それから一時間ほど休んで、漆黒の森を後にしようとした時、まがまがしい感じがした。みんなを見るが何も感じていない様子だった。

（なんで気付かないんだ？）

森の奥の方からまがまがしい魔力を感じる。あれはなんなんだ。わからないが、この魔力の持ち主と今の俺たちが戦っても到底勝てない。そう感じたためみんなに言う。

「早く出よう」

「わかったわ」

全員素早く動き、漆黒の森入り口に着く。

（それにしてもあれは何だったんだ？）

漆黒の森入り口に停めていた馬車に乗り、俺が手綱を握りながらカルカードに向かう。少しして馬車の中から声が聞こえ始めた。

「私たちこれでAランクってことだよね？」

「だな！　やっとだ！」

「ギルドに報告するまでがクエストですよ？」

ミルシェが釘《くぎ》を刺すとソフィーとジャックが言う。

「少しは喜ぼうぜ！」

「ね〜」

「そう言ってこの前もゴブリンに負けかけたじゃない！　少しは学習しなさい！」

「「……。ごめんなさい」」

その後笑いが起きた。

(前のパーティより楽しいな)

前なら馬車内でこんな会話なんて起きなかった。だからこんな会話があるだけでもこのパーティに入れてよかったと思った。

帰り道では何事もなくカルカードへ到着した。

まず最初にバミーシャのところへ行き、クエスト達成の報告と馬車を返した。

本当はすぐに宿に戻りたい気分だが、キメラの翼を宿に持っていくわけにもいかず、しぶしぶ全員でギルドに向かう。

ギルドの中に入り、真っ先にカナンさんとチャイザさんにキメラの翼を渡しながら報告する。すると、驚いているのか喜んでいるのかわからない顔で言われた。

「おめでとうございます！　こんなに早くクエスト達成するとは思ってもいませんでした！」

「「「「ありがとうございます！」」」」

俺含めて全員がガッツポーズをする。

「クエスト達成により本日より銀色の風はAランク冒険者になります！　ですがレオンさんはすでにSランク冒険者であるため、昇格などはありません」

「はい」

まあ前のパーティの時、Sランクに昇格していたんだから当然だな。

「Aランクになったからといって何をするということはありません。後の手続きは私たちがやっておきますのでゆっくり休んでください」

「ありがとうございます！」

カナンさんたちとの会話を終えて、みんなの顔が喜びに満《み》ち溢《あふ》れる。

「これで正真正銘のAランクだね！」

「そうね！」

「まあレオンはSランクだけどな」

「あはは。でもランク維持するだけでも大変だから、銀色の風に入れてもらえてよかったよ」

そう。ランクを維持するのが一番大変だ。だってSランクなのにBやAランククエストを何度も

失敗していたらSランクと言えるのか。普通言えないだろう。

そんな奴《やつ》をずっとSランクのままにしていたらギルド自体の信用が落ちるのは明白だった。

「それでこれからどうする？」

「どうするって言われてもな……。まあとりあえず明日考えればいいんじゃないか？」

「そうね。今日はさすがに疲れたわ」

「だな。じゃあ明日ってことで！」

今日はオフ日になったため、みんなで宿に帰ろうとした時、聞き覚えのある声がした。

「なぁ。そろそろ新しいクエストを受けないか？」

「いいな。何を受ける？」

「流石《さすが》にAランクだろ。あいつが抜けたからって俺たちの実力が落ちたわけではない。それは確信している。だけどまずは体ならし程度にAランクを受けようぜ」

「了解」

（なんであいつらがここにいるんだよ……）

そう思った矢先、三人が俺に気付いた。笑いながらこちらに近寄ってくると、ロイドが話しかけてきた。

「あれ～。レオンじゃないか。今は何をしてるんだ？　まあ一人で冒険してるんだよな！　荷物持ちのSランクなんてどのパーティも入れてもらえないもんな」

「いや、今は他のパーティに入っているよ」

すると三人が笑い出した。

「お前を入れてくれるパーティなんてあるんだな！　どんなパーティだ？　Dランクか？　Eランクか？」

元パーティメンバーのサルットとイワルが言う。

「買《か》い被《かぶ》りすぎだってロイド！　Fランクパーティに決まってんだろ！　なんせ何もできない荷物持ちのくせに報酬だけもらう奴だぜ？」

「だな！」

「俺のことはなんとでも言うがいいさ。でもパーティメンバーをバカにするな」

こいつらの言葉にカッとなってしまい言い返す。俺が大声を出したところでソフィーたちが俺のところに走ってきた。

「ねえ？　私のパーティメンバーにいちゃもん？」

「あぁ～。レオンの幼馴染であるソフィアさんではないですか。やっぱり温情で入れてもらえただけじゃないか」

それに対してミルシェとジャックが言い返す。

「違うわよ！　戦力になると思ったからレオンをパーティに誘ったのよ！」

「そうだ！」

「ふーん。まあいいや。じきにレオンが無能だってことがわかるさ。じゃあな」

そう言ってロイドたちが立ち去っていった。

「ねえレオ？　なんで言い返さなかったの？　レオの実力ならあんな奴ら勝てるんじゃないの？」

「……。俺は別に喧嘩《けんか》をしたいわけじゃないんだ。それに今はもうみんながいる。だから良いんだ」

するとと三人が言った。

「まあレオンがそう言うならいいけど、俺たち三人の感情が収まんねーよ。だから俺たちも早くSランクになってあいつらを見返そうぜ」

それに続くように二人が頷きながら
「そうね！」

「うん！」

と返す。

こいつら……。ジャックが言った言葉に少し涙腺が緩む。

「じゃあ明日、今後の目標を決めよ！　当面はSランクを目指してあいつらを見返すってことで！」

「「「おぉ～」」」

「ほら！　レオも」

「「「「おぉ～」」」」

なんで俺よりもみんなの方がやる気なのかわからないが、みんなの気持ちが嫌ではなかった。

この時はまだ、ロイドたちにとってレオンがどれだけ必要な存在だったか誰も気付いていなかった。

そしてここから俺たち銀色の風とロイドたちのパーティの運命が分かれた。

三章　新たな仲間

翌日、全員でギルドに集まり今後についての話し合いが始まる。

「ねえレオ。どうやってSランクパーティになったの？」

ソフィーの問いにミルシェやジャックも興味のあるような目でこちらを見てきた。

「まずみんなはSランクパーティってなんだと思う？」

「ギルド最強のパーティ？」

「そうそう！」

「あぁ」

みんなが言っていることが間違っているわけではないが、きちんと理解しているわけではない。

「間違ってはいないね。でもそれだけじゃないんだよ」

俺がそう言うと三人は不思議そうな顔をした。

先程みんなが言った通り、Sランクパーティとはギルドの看板冒険者である。だけど強ければ良いというわけではない。国が危険な状況になったら、まず助けを求めるのは冒険者ギルド。

そしてギルドにとってSランクパーティとは最強パーティということ。そのためSランクパーティは各国にとっても重要な位置づけである。だから今までのようにクエストを達成してSランクパーティになることができない。

「ギルドっていうのは国と中立関係を保っているよな？」

「うん」

「でも国が危険な状況になった時、自国以外で助けを求める場所はどこだと思う？」

するとと全員がハッとした顔をする。

「そう、みんなもわかっていると思うけど冒険者ギルドに頼る。ギルドにとって看板であるのはSランクパーティだ。そんなパーティを国は無下にはできないよな？　だからSランクパーティはギルドを超えて国にも影響を与えるんだ」

「そっか。じゃあレオも国に頼られたことがあるの？」

「いや、俺はまだないよ。でもその覚悟はできてる」

覚悟がない奴《やつ》がSランクになる資格はない。そしてSランクパーティとはギルドの見本にならなくてはいけない存在。そういうあらゆる覚悟が必要だ。

「私たちには覚悟がないってこと？」

「まあはっきり言えばそういうことだな。なんでもそうだろ？　国王やギルドマスターのようなトップの存在になるってことは、それ相応の覚悟が必要なんだ。みんなはその覚悟がある？」

みんなにも冒険者としての覚悟はあると思う。でもAランクパーティとSランクパーティではそのレベルが違う。そこをまずはわかってほしかった。

するとジャックが言う。

「そう言われてみればそうだよな。まだ俺たちはギルドという小さなくくりの中にいるって考えだ。でもSランクパーティになったらそういう考えではいけないってことだよな」

「あぁ。だからみんなにはまず今まで以上の覚悟を持ってほしいなって思ってる。まだこのパーティに入って間もない俺が言うのもどうかと思うけど」

嫌な奴だと思われただろうか。でも覚悟もなくSランクパーティになってしまうと今後が大変になるのは目に見えている。

「わかったわ。でもそれは今すぐにはできることじゃないわよね？　だから覚悟については今後ゆっくりと身に付けていくとして、具体的にどうすればSランクパーティになれるか教えて」

「わかった。まずSランクパーティになるには一定の実力を示す必要がある。簡単に言えばB、Aランクのクエストをこなすことだな」

「ええ」

「でもそれだけじゃSランクパーティにはなれない。もう一つ必要なこととして、ギルド、そしてどこか一つの国から推薦状が必要になるんだ」

「じゃあまずできることはクエストを達成することね」

「あぁ」

みんなが今の話の内容で理解してくれて少しホッとした。するとミルシェが尋ねてくる。

「一つ質問なんだけど、レオンみたいにパーティを脱退してもSランク冒険者から降格されるわけではないんだよね？」

「そうだね。国とギルドが認めた時点でパーティから脱退しても降格されることはない。でも結果を出せなかったら降格はされるよ」

「そっか。ありがとね」

ミルシェがお礼を言ってくるのと同時に、二人もお礼を言ってきた。

「うん。でも今の話で嫌な気持ちにさせたと思う。ごめん」

「嫌な気持ちになんてなっていないわ。それよりもちゃんとした知識を身に付けられてよかったと思ってるわ」

「うん！」

「あぁ。サンキューな」

「そう言ってくれると助かるよ。それでだけど今後どうする？」

みんなに尋ねるとソフィーが提案してくれる。

「さっき話した通り、当面は今まで通りクエストを達成しよ！」

「「「了解」」」

「じゃあ今からどんなクエストがあるか聞きに行こ！」

ソフィーがそう言うと受付嬢であるカナンさんとチャイザさんのところに向かうべく立ち上がった。それに続くように俺たちも向かう。

「お疲れ様です。本日からクエストを受けるのですか？　Aランクになって一日しか経《た》っていないのに」

「はい！　B、Aランクのクエストでオススメってありますか？」

「少しお待ちください。確認してきますね」

「よろしくお願いします」

カナンさんたちは一旦この場から席を外したが、すぐ戻ってきた。

「今まで受けたことはないと思いますけど、護衛任務のクエストがあります。日時は一週間後です。他のAランククエストに比べて危険性も少ないのでオススメです」

「ではそれにします！」

「了解です。護衛任務といってもAランククエストです。十分に気を付けてくださいね」

「「「はい」」」

カナンさんがクエストを受注処理して、次のクエストが決まった。

「では行ってらっしゃいませ」

カナンさんたちと別れてギルドを出る。

（それにしてもAランククエストの護衛任務ってなんだ？）

そう思いつつ、次の任務が始まるまで休暇ができた。

各自クエストが始まるまで自由時間になった。

（はぁ～。何するか……）

この三日間、宿の部屋でゴロゴロして終わってしまった。なんて言えばいいんだろう……。罪悪感？　そんな感じがした。

「でも行くところとかないしな……」

今までクエストばかりやっていたため、遊んでくれる友達が少ない。それに加えて今すぐ遊ぼうと言って遊んでくれる暇人なんていない。そんなことを考えていると、ドアがノックされた。

(ん？　誰だ？)

そう思いながらドアを開けるとソフィーがいた。

「あれ？　どうした？」

「えっと……。レオって今日暇？」

「あぁ。暇だけど。クエストのことか？」

俺の問いに対してソフィーが首を横に振る。そして少し不安そうに言う。

「違うの。もし暇なら一緒にお出かけでもどうかなって思って。嫌かな？」

「そういうことならいいぞ！　俺も久しぶりにソフィーと遊びたいな」

すると先程までの不安そうにしていた表情が嬉《うれ》しそうな表情に一瞬で変わった。

「じゃあ三十分後に宿前に集合ね！」

「了解！」

ソフィーがそう言って部屋に戻っていった。

(それにしてもソフィーと遊ぶなんていつぶりだろ？)

いろいろと考えながら身支度をしているとあっという間に三十分が過ぎる。

「やばい！」

勢いよく部屋を出て宿の前に向かう。するといつもとは違う光景が見えた。

（あれってソフィーだよな？）

黒いワンピースに足首まであるスカート。それに加えて化粧をしているのか、いつも以上に美人に見えた。

「ごめん！」

一応時間内には間に合ったが、待たせてしまい申し訳なく感じる。

「んん！　大丈夫！　それよりも行こっか！」

「あぁ」

ソフィーが背を向けて歩き始めた。

（なんでこんなにドキドキしてるんだ？　相手は幼馴染《おさななじみ》だぞ）

そう思いつつ、ソフィーの隣に並んで歩き始める。行き先など決めていなかったが、ソフィーはどんどん先に進んでいく。

「どこか行く場所は決まってるのか？」

「うん！　レオは行きたい場所とかあった？」

「いや、ソフィーとならどこでもいいよ」

別に行きたいところとかない。ぶっちゃけソフィーと一緒ならどこでもよかった。ソフィーと久々のお出かけ。

（やっぱり幼馴染と遊ぶのはワクワクするな）

ソフィーの方を向くと顔が赤くなっていた。

「どうした？」

「何でもない！」

なぜか少し大声をあげながら先程よりスピードを上げて歩き出してしまった。

（あれ？　何かまずいことでも言ったか？）

その後、市場に行って食べ歩きなどをする。

（それにしてもやっぱり注目されるよな）

そりゃあソフィーは美人で俺は普通の顔。そんな分不相応なペアが歩いていたら注目されて当然だ。

「あれ？　レオどうしたの？」

「いや、やっぱりソフィーって可愛《かわい》いなって思ってさ」

「っ〜〜〜!!」

「どうした？」

また顔を赤くしていた。

「さっきからずるい」

「え？　何が？」

「何でもない！」

（どうしたんだろう？）

絶対に何でもないわけがない。そう思い、繰り返し尋ねてしまう。

「そうか？」

「そうなの！」

まあそう言うならいいけど。でも来週あるクエストに支障が出るといけないと思い、一応は釘《くぎ》を刺しておく。

「体調が悪いとかなら早く言えよ？」

「……。バーカ！」

なぜかニコニコしながら歩き始めてしまった。

「レオ早く！」

「あぁ」

その後、動物などを見ながらカルカードを散策しているとあっという間に夕方になってしまい、宿に戻ることにした。お互い無言の状態で歩いていたが、ソフィーが話し始めた。

「こんな感じで遊ぶなんていつぶりだろうね」

「だな。本当にここ最近遊んでなかったもんな」

「うん」

俺たちはお互い別々のパーティに入ったため、遊ぶ機会なんてなかった。いや、作れなかった。

俺はSランクパーティになるまでほぼ毎日クエスト三昧で、ソフィーはパーティリーダーとして大変だったようだ。

「でもこんなふうに遊べるってことはまた、次も遊べるよね？」

「あぁ。何なら明日も明後日も遊べるぞ！」

冗談で言うとソフィーが少し考えながら言う。

「それは楽しそうだね！　でも明日も明後日も遊んだら今の感情は得られなかったと思う。だから適度に遊ぼ？」

「そうだな。パーティも一緒だから時間も合わせやすいし、また少し時間をおいて遊ぼうな」

「うん！」

その後、雑談をしながら歩いていたら、あっという間に宿へ着いてしまった。

「じゃあ次はクエストの時だね」

「あぁ。ちゃんと準備しろよ！」

昔は荷物などを忘れる癖があったため、からかう。

「わかってるよ！　私だってもうAランク冒険者なんだよ！　それにこの前話してた覚悟についてもちゃんと考える。もう昔みたいに忘れ物とかしないもん！」

「わかってるって！　じゃあな！」

「うん！　またね」

ソフィーと別れて俺は部屋に入った。

（それにしてもソフィーってあんなに可愛かったっけ？）

なぜかその後の数日間、ソフィーのことが頭から離れず、クエスト当日になった。

カナンさんに言われた時間通りギルドに向かう。ギルド内に入ると冒険者が誰一人としていなかった。

（え？　どういうことだ？）

今までこんなことはなかった。朝から夜まで冒険者がいるのが普通だったのに。不思議に思いみんなを見ると、ソフィーたちも同様に困惑していた。

「ねえ。そういえば今回の護衛クエストって誰を護衛するの？」

「あ〜。確かに聞いていなかったな」

そう言われればそうだ。普通クエストで護衛する人が誰かぐらい聞いておくのが普通だ。逆に聞かないっていうのはあってはならない。

（俺も含め、みんなパーティ昇格して浮かれてたな）

何が覚悟だよ。あんな偉そうに言っていたのに俺自身ができていなくてどうする。

全員ギルド内で棒立ちになっていると、カナンさんが奥の部屋から出てきた。

「あ！　皆さん来ましたね！」

「はい。それで今回の護衛対象ってどなたなのですか？」

「それは実際に会ってみてください」

そう言われて、来賓室に案内される。俺も含め全員困惑しながら歩き始める。なんせ来賓室なん

て相当な人物でない限り入ることが許されない。俺だって今まで一回しか入ったことがない。

来賓室の中には銀髪の人が座っていた。

(なんでここに……)

「やっと来たねレオン!」

俺はすぐさま膝をつき頭を下げる。俺の行動にみんなが驚く。

「お久しぶりです。シャーロット様」

「うん! 半年ぶりぐらいかな? 今回も前みたいに護衛クエストを頼んだんだけど受けてくれてよかったよ!」

「はい」

それにしても今回の護衛対象が竜人族《ドラゴニュート》の第四王女――シャーロット・エクセスト様だったとはな……。

「レオン? この人誰なの?」

ソフィーが俺に尋ねてくる。

「竜人族《ドラゴニュート》の王女様だよ」

問いに答えると、即座に全員が俺と同じ体勢になる。

「それにしてもレオンが違うパーティに入っていたとは思わなかったわ」

「はい。いろいろと事情がありまして」

シャーロット様には追放されたなんて言えず、ごまかしてしまう。まあ真実を言っても困らせるだけだろうしな。

「そうなのね。まあいいわ。今日からよろしくね。内容としては前と同じでエクセスト王国まで連れていってもらうことよ」

「わかりました」

「じゃあギルドマスターと少し話すことがあるからちょっとだけ待っていてくれる？」

「はい」

そう言ってシャーロット様が部屋から出ていった。俺はすぐさまカナンさんに今回のことを問いただす。

「カナンさん！　どういうことですか！　こんなに重要なクエストならきちんとクエストを受ける前に教えてくださいよ！　俺も聞かなかったのは悪いのですが……」

「ごめんなさい。それに関しては私のミスです。それにクエストを受注してから言う形になって本当に申し訳ないのですが、今回のクエストはレオンさんに対しての指名クエストです」

「え？」

カナンさんの言葉に驚く。それはみんなも同様だった。

「私もギルドマスターから依頼書を渡されたので先ほどまで知らされていませんでしたが、本当に申し訳ございません」

「……。まあそういうことでしたらしょうがないですね。今後お互い気を付けましょう」

「はい」

（それにしてもなんで俺が指名されるんだ？　この前受けた時何かしたっけ？）

そう思っているとシャーロット様がギルドマスターとの話が終わったのか、部屋に戻ってきた。

「改めまして竜人族《ドラゴニュート》第四王女、シャーロット・エクセストと申します。皆様本日よりよろしくお願いします」

全員がどう反応していいか困っていたため、俺が答える。

「はい。よろしくお願いします」

そしてシャーロット様が所有している馬車に乗ってエクセスト王国に向かう。最初こそ無言状態であったが、その均衡をシャーロット様が打ち破る。

「レオン！　また前みたいに楽しみましょうね」

そう言って俺にくっついてくる。

（え？　前に何かしたっけ？　ただだべっていただけだったはずなんだけど……）

するとソフィーが立ち上がって言う。

「シャーロット様！　レオにくっつきすぎです！　もっと離れてください！」

「え～。別にいいじゃない！　くっつく、くっつかないは私の勝手でしょ？　それにレオンだって嫌がっていないじゃない！」

「レオも何か言ってよ！」

（え？　そう言われても……）

依頼主を無下にはできないし、ぶっちゃけ嫌じゃない。なんせ知り合いすら少ないのにその中で数少ない美少女だ。

「ほら！　無言は肯定しているってことよ！」

「ッ〜!!」

ソフィーは怒りながら座る。

（なんでそんなに怒るんだ？）

なんでそんなに怒っているかわからなかったが、道中何もなくエクセスト王国に向かった。

旅の途中、うっすらと噂《うわさ》を耳にした。

モンスターが使う火玉《ファイヤーボール》で負けて帰ってきたSランクパーティがいると。

エクセスト王国に向かい始めて早一週間。現状、高ランクモンスターが出現していないため、スムーズに向かうことができていた。そんなある日、シャーロット様が話しかけてきた。

「ねえレオン？　なんであのパーティから抜けたの？」

「それは追放されたって言いますか、クビになったって言いますか……」

言うべきか迷ったが、後々知られることは目に見えていたため、話すことにした。するとシャーロット様は少し驚いた顔をしたが、すぐに表情を戻した。

「まあ、あのパーティにレオンがいたこと自体おかしかったものね」

「あはは……」

やっぱりシャーロット様もそう思っていたのか。まあロイドたちにも言われたが、外野から見たら俺はただの荷物持ちだ。

（まあしょうがないよな）

そう思っているとソフィーとミルシェが言い返す。

「シャーロット様がそう言うのは構いませんが、レオはきちんと戦力になってくれています！」

「そうです。今このパーティにレオンがいないのは考えられません！」

二人が言い返したところでシャーロット様は首を横に振って否定し始めた。

「違う違う！　あのパーティにレオンがいること自体おかしいっていうのは、レオンが強すぎてってことよ」

「「「え？」」」

その言葉に俺たち全員唖然《あぜん》とした。

「ちょっと語弊のある言い方をしてしまったわね。ごめんなさい。でもあのパーティが強いと感じたのはレオンがいたからよ？　だから分不相応だなって思っただけ」

「……。なぜそう思ったのですか？」

疑問に思い質問をしてしまう。元パーティメンバーが弱かったわけじゃない。近接戦闘においては国の中でも指折りの強さがあったと思っている。

「そりゃあ、あのパーティの中に魔法を処理できる人がいるかしら？　私はいないと思うわよ。なんせ中衛、後衛全てをレオンがやっていたじゃない」

その言葉にソフィーとミルシェが驚く。

「え？　レオそうだったの？」

「まあね」

だってそうでもしない限り安全に戦うことができなかった。まだ中衛ならできる奴がいたかもしれないが、俺以外全員は近距離特化であって、後衛ができる人は誰一人としていなかった。

「じゃあなんで追放されたのか本当に謎ね」

「ですね」

「それは、モンスターは魔法を使わないって思っているからだと思うよ」

ソフィーを含め全員が驚きを隠せていなかった。

「え？　モンスターが魔法を使わないってなんで思ったのかな？　普通低級モンスターでも魔法は使うし、知っていると思うのだけど」

「それは多分俺に原因があるのだと思う。なんせ低ランクの時から魔法無効化《キャンセリング》を使っていたからモンスターが魔法を使っているところを見たことがなかったんだと思う」

運がいいのかわからないが、今までは魔法無効化《キャンセリング》ですべての魔法を無効化することができていた。でもこの前Aランクモンスターと戦って無効化できない可能性も感じていた。

前のパーティで戦っていたAランクモンスターはあまり魔法を使わず、近距離特化の奴ばかりだったから。

「それは何というか、慢心よね？」

「そうね。きちんと書物で調べればわかることなのに己を過信して調べなかったことが悪いわね」

「別にもうパーティメンバーなわけでもないし関係ないよ。今は銀色の風の一員として頑張るだけだしさ」

「でもレオは悔しくないの？」

「悔しいさ」

ソフィーの言う通り悔しいに決まってる。今までどれだけあのパーティに貢献してきたと思ってるんだ。

今でもあいつらは俺を認めず、無能と罵ってくる。そんな奴らに対して悔しいと思わないわけがない。

「じゃあさ。前も話したけど見返そうよ！」

「でもそれは……」

見返せたとして、あいつらはどう反応してくる？　俺や他のみんなに対して逆恨みを持つかもしれない。だからそんなことしていいのかわからなかった。

「はっきりしなよ！　レオは見返したいの？　見返したくないの？　どっち！」

「そりゃあ見返したいさ！　でもそうしたら……」

「じゃあ見返そうよ！　見返した後のことはその時考えよ！　私だってパーティメンバーをバカにされていい気分じゃないし、それはみんなも同じだよ！」

「そうね。私だってレオンがバカにされているのを見たら気分がよくないわ」

するとその会話にシャーロット様まで入ってくる。

「そうね。私が認めた男がバカにされているなんて気に食わないわ。だから私もできる限り協力するわ。だからレオン。きっちり見返しなさい！　これは命令よ？」

「え……。あ、はい！」

返事をしたのに対して、三人は少し笑みをこぼした。

「でも見返すと言っても何をすればいいかわからないじゃない？」

「そんなの簡単よ。私たちがあいつらより強くなればいいだけのことよ！」

「そうね！」

こうしてロイドたちを見返す方法を模索し始めた。

（それにしても見返すなんてどうすればいいんだ？　あいつらに実力を示せばいいのか？）

そう思ってすぐに思いついたのは決闘。でも決闘なんて普通の冒険者はやらない。ましてやAランクやSランクなどの高ランクにおいてはもってのほかだ。

俺が悩んでいると、シャーロット様が話し始めた。

「ちょっと話は変わるのだけど、あなたたち、今有名な噂知ってる？」

その問いに対して全員が話し始めた。

「Sランクパーティが火玉《ファイヤーボール》を使うモンスターに負けたって話ですか？」

「そうよ！　それってもしかしてレオンの元いたパーティだったりしてね」

シャーロット様が笑いながら言った。

（いや、それは流石《さすが》にないだろ。一応はSランクパーティだぞ）

「でも噂は噂ですし、本当かわかりませんしね」

「そうね。でもこんな噂が流れているってことは、もしかしたら本当の可能性もあるってことよ」

そうだ。普通噂なんて町一つの中で巡るのがせいぜいなのに対して、今回の噂は俺たちにまで届くぐらいに広がっている。

「そうですね」

ソフィーもミルシェも頷《うなず》く。

(それにしてもあいつらがもし負けたとしたら……)

そう思って仕方がなかった。そこから数時間交代で操縦する役を変わっていく。そして夜になった時ソフィーが言う。

「シャーロット様！　いつ頃着くのですか？」

「もうすぐよ？　明日には着くんじゃないかしら？　今回は上級モンスターと戦わなかったから、時間ロスも少なくて助かってるわ」

確かにそうだな。前に護衛した時は何度かAランクモンスターと戦ったな。

そういえばあの時、一回だけシャーロット様の身が危険にさらされたのを思い出す。

「明日ですか！」

「はい」

「それにしても前みたいにならなくてよかったわ。ねぇレオン？」

「そうですね」

確かあの時は、ロイドが無茶《むちゃ》をして、馬車の守りが手薄になった時にシャーロット様を助けたんだった。

（ここ最近いろいろありすぎて忘れていた）

「それにしてもあの時は本当にありがとね？　だから今回も頼んだのよ」

「いえいえ。それが仕事ですので」

「あら？　頼んだことに対してのお礼はないの？」

（え？　そっち!?）

「本当に依頼をしていただき感謝しています」

するとニヤニヤしながら俺に身を寄せてきた。

「思い出したら怖くなってきちゃったわ」

それに対してソフィーが言う。

「だからレオにくっつかないでください！　くっつくなら私にしてください！」

「あら？　別にいいじゃない。それに今回依頼した内容の本題は明日わかるのだからね」

「え？」

その言葉に俺たち全員が驚いた。

「それって何ですか？」

「それは明日になってからのお楽しみよ」

そう言ってシャーロット様は馬車に入ってしまった。みんな言葉にはせず、顔を見合わせる。

「ねえ。本題ってなんのことかしら？」

「わかんね。でもレオンが関わっているのは確実だろ」

「え？　なんで？」

ジャックがそう言ったが、俺にはわからない。なぜ俺が関係しているのか見当もつかなかった。

「カナンさんが言ってなかったっけ？　レオンに指名依頼が来たってさ。だったらレオンに本題とやらが関係あるのは間違いないだろ」

「「あぁ～」」

そう言われてみればそうだ。

「まあ明日になったらわかるし、今日はいつも通り野営しようぜ」

「「了解」」

一旦俺とミルシェは仮眠をとって、数時間後に見張りを交代する。そして日が出てきて、出発する。本当に今回の護衛クエストは何もなく、午後になってエクセスト王国に到着した。

「ここがエクセスト王国！」

「ようこそ。エクセスト王国へ」

ソフィーがそう言いながら周りを見渡していた。それはみんなも同様で辺りを眺めていた。

山々の中に大きな王国があるのだから初めて見たら誰だって驚く。そして王国内に入って少しすると、湖の近くに王宮があった。

「では中に入りましょうか」

シャーロット様に言われるがまま、俺たちは中に入って王室に案内される。

「お父様。ただいま戻りました」

「おぉ～。よくぞ戻ったぞ。それで今回の目標は達成したのか？」

「はい！　こちらがこの前話していたレオンです」

そう言われてシャーロット様が俺を指差した。

（え？　俺？）

ジャックに言われて予想はしていたが、国王にまでそんな話をしていたなんて思いもしなかった。

（それに目標ってなんだ？）

「まず自己紹介をしよう。この国……エクセスト王国の国王、パリード・エクセストだ。よろしく」

「「「よろしくお願いいたします」」」

シャーロット様以外全員が膝をついて話した。

「それでだけど、シャーロットから話は聞いているか？」

「いえ。何も伺ってはおりません」

俺はシャーロット様の方を見るとなぜか顔を赤くしていた。

「シャーロット！　なぜ伝えなかったのだ！　まあよい。私から伝える。レオンくん、君にはシャーロットの婚約者になってもらいたいんだ」

「え？」

国王から言われたことに対して、俺を含めて全員が固まってしまった。

（俺とシャーロット様が婚約者になる？）

俺やソフィーたちが茫然《ぼうぜん》としているのに対して、竜人族《ドラゴニュート》の方々は平然としていた。

(事前に決まっていたことなのか?)

「レオンくんは嫌かい?」

「えっと……。誠に申し訳ございません。驚いていて何と申せばいいのかわかりません」

嫌かいと聞かれたが、状況理解が追い付いていないのに答えられるわけがない。

「そうか。じゃあ質問を変えよう。シャーロットのことをどう思っている? 可愛いと思うかい?

一緒にいて楽しいと思うかな?」

(一緒にいて楽しいか……。そんなのわからない)

一緒にいたのなんてせいぜい前回の護衛任務を含めても一ヶ月ほど。でもシャーロット様と一緒にいた一ヶ月間がつまらなかったわけじゃない。むしろ楽しかったと思う。

「もちろんシャーロット様は可愛いですよ。それに一緒にいた期間は楽しかったと思います」

「そうか。ならもう決まっているのではないか?」

「え?」

(すでに決まっている?)

そんなわけない。結婚なんて考えたことがなかったんだから。

「生涯一緒にいる人を決める際、君は何を基準に考えるんだい? 私なら愛せるという気持ちとこの人となら一生暮らせると思う気持ちだ。それが先程聞いた可愛いという気持ちと一緒にいて楽しいかだと思う」

「でも可愛いとかなら他にも……」

「そりゃあいろいろ可愛いはあるさ。でも君が今持っている感情はそのような感情なのか？　私は違うと思う」

国王の言う通りだ。シャーロット様に対して思っている可愛いは、動物などに感じる可愛いとかではなくて、一人の女性に対する可愛い。

「質問よろしいですか？」

「あぁ」

「なぜ竜人族《ドラゴニュート》の中からではなく、人族である私なのですか？」

まず聞きたかったことはこれだ。一般的に同種族と結婚するのがセオリーだ。ましてやシャーロット様はお姫様。そんなたいそうな存在が俺を選ぶ理由がわからない。

シャーロット様の方を向くと両手を顔に当てていた。

「本当ならシャーロットから言ってもらいたいが、今の状態を見ると無理そうだから私から言わせてもらう。まず君を選んだ理由はシャーロットからの推薦だ」

「……」

（シャーロット様が俺を推薦した？）

「君もわかっているとは思うが、シャーロットはこの国の王女だ。だから本当は他国との政略結婚もしくはこの国の貴族と結婚するのが通例だ」

「はい」

「でもシャーロットは第四王女でありながら、王族ということから制約をつけて生活させてしまった。だから男性を好きになることはおろか、苦手意識すら持っていた。それがレオンくんのおかげで解消することができたんだ。そしてその時、シャーロットから結婚したい人がいると相談を受けた。親として子供に結婚させないという選択はない。だからシャーロットからこう言ってくれて本当に嬉しく思っている。これがここまであった話だ」

「でも私は人族であり、貴族でもありません」

そうだ。もし俺が貴族だったら話は変わっていたかもしれない。でも俺は平民である。

「それもわかっている。でもレオンくんはエクセスト王国から推薦を出したSランク冒険者だ。見ず知らずの人物ならともかく、レオンくんにならシャーロットを任せてもよいと私は思っている」

「……」

「まあ今すぐに決めてくれなんて言わない。一つの選択肢として考えてくれ」

「はい。わかりました」

話が終わり王室を後にする。そして来客用の部屋に案内されて考える。

(婚約……)

考えたこともなかった。今まで彼女すらできたことのない俺が結婚だなんて……。そう思っているところで部屋の扉がノックされた。

「レオ、今いい？」

「ソフィーか」

ソフィーが少し暗い顔をしながら部屋に入ってきた。

「うん。それで婚約はするの？」

「わからない」

今日言われて、すぐ「はい」なんて言えるはずない。

「そっか。でも結婚したら見返し方は違えど元パーティメンバーを見返せるんじゃない？」

「そんなことのために結婚なんてしたくない」

「ごめん。でも私はいいと思うよ？　シャーロット様は可愛いし、性格も悪くない。良い人じゃない」

なぜか泣きそうな顔で言う。

「今すぐには決められないから、ちょっと考えるよ」

「うん」

そう言ってソフィーは部屋を出ていった。

そこから数日、シャーロット様と頻繁に話した。あの時助けたから好きになったこともわかったし、好意も感じられた。それでも答えが出なかった。

でも時間は待ってくれなく、再び国王に呼ばれたので王室に向かう。するとソフィーを含め、全員が王室にいた。

（どういうことだ？）

婚約に関しては俺個人の問題だ。それなのになんでみんなも呼ばれているんだ？　すると国王とシャーロット様が話し始めた。

「まだレオンくんは答えが出ていないんだよな？」

「はい。申し訳ございません」

シャーロット様と話す時間までもらったのに答えが出せなくて、申し訳なく感じた。

「レオンにソフィアさん、ミルシェさん、ジャックさん。一つお願いをしてもよろしいでしょうか？」

「はい。なんでしょうか？」

「私も銀色の風に入れてはもらえませんか？」

その発言に、銀色の風全員が驚いた。

（シャーロット様が同じパーティに？）

「ダメですか？」

その問いに対してみんな固まってしまい、誰も反応できなかった。

「銀色の風がAランクパーティというのは調べてわかっている。一応シャーロットも賢者でAランク冒険者の資格を持っているから大丈夫だ。パーティで一緒になればお互いをよく知ることができるし、いい機会だと思ってね」

（え、シャーロット様ってAランク冒険者なのか！　それに同じパーティに……）

そんな俺だけじゃ決められない。そう思っているとソフィーも同様だったようで、

「えっと。パーティリーダーでありますので発言させていただきます。今すぐに決めることはでき

ません。まずパーティ全員で話し合って決めさせていただきたいです」

と返答を保留した。

「わかった。では明日もう一度話を聞こう」

俺たちは王室を出て、俺の部屋に集まった。全員が無言でいたが、ミルシェがその均衡を崩す。

「それでどうするの？」

「どうするって言われてもな。まだシャーロット様の実力も性格も知らないんだぞ？」

ジャックが言う通りシャーロット様の実力がわからない以上、何とも言えなかった。

「私はいいと思うよ。だってAランク冒険者であんなに話しやすい雰囲気だったし」

「でもソフィー、考えてみて？　誰でも最初は仮面をかぶっているものよ？」

そうだ。初対面の人に対して本性を出す人なんて滅多《めった》にいない。

「そんなの関係ないよ！　それに賢者だったら私たちのパーティに欲しいと思わない？」

「そうだな。でも本当にいいのか？」

「そうよ。まだ会って間もないのよ？」

ジャックとミルシェが念を押す。

「そんなの私たちだってそうだったじゃない！　それにレオの時だってそう。時間をかければ仲良くなれるって。それでも仲良くなれなかったらパーティから抜けてもらえばいいじゃない」

「そこまで言うなら私はいいわよ。シャーロット様が嫌いってわけじゃないし」

「そうだな。でも恋愛のいざこざに関しては節度を持ってほしいけどな」

ジャックは俺に向かってそう言ってきた。

「わかってる。それに俺だってまだわからないんだ」

「そんなの見ればわかるわ。恋愛感情だけで同じパーティに入りたいって言うなら話は別だけど、実力も兼ね備えていて、銀色の風にとって必要な賢者なら歓迎よ」

「そうだな」

「じゃあ決定ね！」

「あぁ」

こうして話が終わりみんなが部屋を出ていく時、ソフィーだけ少し表情がおかしかった。

（どうしたんだ？）

次の日、王室でシャーロット様のパーティ加入を了承した。

「皆さん。本日よりよろしくお願いします」

「よろしくお願いします。シャーロット様」

「様はいりません。もう同じ仲間同士、呼び捨てで呼んでくれると嬉しいです」

シャーロット様の問いに対して、ソフィーが言う。

「だったらシャーロットも呼び捨てにしてよ！」

「わかったわ。よろしくね？　ソフィア」

「うん！　よろしく！　シャーロット！」

その後、俺たちも軽く自己紹介をしてカルカードに向かう。馬車の中でいろいろな質問が飛び交う。

「シャーロットはどんな魔法が使えるの？」

「回復魔法よ。護衛をしてもらってる時に思ったけど、このパーティには回復職の人っていないよね？」

「一応は私ができるけど、専門の回復職って呼べる人はいないよ！」

「よかったわ」

本当にそうだ。このパーティで一番欲しかった人材は回復職の人。そして回復職の中でも上級職である賢者が入ってくれるのはどれだけ戦力アップになることか。

みんなで今後のフォーメーションを決めた。ひとまずミルシェとシャーロットで後衛に入ることになった。

「それで、今後どうするの？　やっぱり見返すこと？」

「うん。今はレオの元パーティメンバーを見返すためにSランクパーティになることが目標かな」

「わかったわ。それに私もSランクになりたいと思っていたし！」

「じゃあ決まりね！」

そして道中何事もなく、あっという間にカルカードに到着した。

「ソフィア、少し話したいことがあるのだけどいいかしら？　今後の私たちについて」

「そうね。私も話したいと思っていた」

そう言って二人でどこかに行ってしまい俺たち三人は宿に戻った。

次の日、なぜかソフィーとシャーロットは仲良くなっていた。

みんなでギルドに向かい、護衛任務完了の報告と、パーティ加入の手続きをする。その時、カナンさんからあることを告げられた。

「ここだけの話。ロイドさんたちがここ最近不調になっています」

「え？　それって」

「はい。レオンさんが抜けてからクエスト達成ができていません」

「……」

じゃあやっぱりあの噂は……。

「それで話を戻しますが、次のクエストはどうなさいますか？」

「何かオススメとかありますか？」

ソフィーの問いに対して、チャイザさんが答える。

「これとかオススメです！　ダンジョン攻略！」

「ダンジョン攻略……」

ダンジョンにもさまざまなものがあるがクエスト内容を見るに、未開拓のダンジョンをマッピングすることになっている。

「ではそれにします」

「え？　いいのかソフィー？」

「だってチャイザさんが初めて推してくれたクエストよ？　やるに決まっているじゃない！　それにクリアできると思って推してくれたと思うし！」

「そうか。わかった」

　みんなも頷いて同意する。そしてギルドを出る時、カナンさんとチャイザさんが何かを話していたが遠くて聞き取れなかった。

「な・であ・を・・した・よ！　ク・・トに・あの・たちがい・のに！」

「あ！」

　数日準備をしたのち、全員でダンジョンに向かう。カルカードからおよそ五日程度で着く場所にダンジョンがあるため、いつも通りみんなで交代で馬車を操縦する。

（……）

　やはりシャーロットは加わってから初めてのクエストなので少し緊張しているようだった。

「シャーロット？　大丈夫か？」

「ええ。大丈夫よ」

「ならいいんだけどよ」

　これ以上言うと逆効果になってしまうと思い、話をやめる。でも俺と同じように感じたのかソフィーやジャックも心配そうにシャーロットを見ていた。

「ねえシャーロット。今回のクエストを受ける前はいつ受けていたの？」

「確か二年前ぐらいかしら？」

「え!?　そんな昔なの！」

「うん」

ソフィーが驚くのも無理もない。なにせ一般的に冒険者が長期的に休める期間は一年程だ。それ以上休んでしまうと体力面や勘が衰えてしまう。

俺も二年間シャーロットが戦闘を行っていないことに対して、強く言わざるをえなかった。

「シャーロット。俺たちはシャーロットの実力を知らない。だから最初の戦闘でどれだけ戦えるのかを見させてもらわなくちゃいけない」

「うん」

そう。流石に戦闘を行うのにあたって味方の実力を知らないのは怖すぎる。例えば、使えると思っていた魔法が使えなくて、パーティが危機的状況に陥る可能性もある。

それにシャーロットの場合、治療できると思っていた傷を治療できなかったなんてことが起きたら大惨事だ。

「だからまず最初の戦闘はできる限り全力で戦ってほしい」

「わかったわ」

俺が言ったことに対して、シャーロットはもちろんみんなも納得してくれた。

そこから二日経ち、道中でCランクモンスター――ワームニードルと出会う。

「この前話したフォーメーションで行くよ！」

「「「了解！」」」

ソフィーが言う通り、全員がカバーできるフォーメーションを組み、戦闘に入る。

まずソフィーとジャックがワームニードルに攻撃をしようとした時、シャーロットが身体強化魔法を使った。するとソフィーとジャックの周りに青い光が出現する。

そのままソフィーとジャックがワームニードルの甲を狙って攻撃をすると、一瞬にして斬り裂いて倒してしまった。

（え？）

流石に一太刀《ひとたち》で倒してしまったことに驚いたが、俺以上にソフィーとジャックが驚いていた。そして二人がシャーロットの方に走っていく。

「シャーロット！　今の何？　体が軽くなったし、斬った時の威力もいつも以上だったんだけど！」

「そうだ！　あんな感覚初めてだ」

「身体強化魔法をかけたのよ」

すると二人は唖然とした表情になった。

（そうか、俺以外はわからないのか）

俺は魔剣士であり固有魔法——魔法無効化《キャンセリング》を使う身だから、ある程度魔法の知識があった。だからシャーロットが使った時、身体強化魔法だとすぐにわかったが普通はわからない。

「すごい！　回復魔法だけだと思っていたけど、それ以外の魔法も使えたのね！」

「ええ。得意な魔法は回復魔法だけど、一応軽い攻撃魔法とバフ魔法、デバフ魔法も使えるわよ」

その言葉に全員が呆然《ぼうぜん》とする。そりゃあそうだろ。今の話を聞く限り、オールマイティーに魔法が使えるということ。もしかしたら接近戦が苦手かもしれないが、それは見てみなくちゃわからないし。でもシャーロットは俺たちが驚いていることに気付いておらず、質問をしてきた。

「なんでそんなに驚いているの？　普通、魔法使いなら誰でもできると思うけど……」

「「「できないわ！！！！」」」

「え？　そうなの？」

シャーロットは勘違いしているが、普通、回復魔法を使える奴は攻撃魔法を使うことができないし、逆もしかりだ。それに加えてバフ、デバフ魔法が使えるのは魔法使いの中でもごくわずかなはずだ。

「今の戦闘だけだとまだわからないけど、シャーロットの反応速度とか使える魔法とかは少しわかったわ！」

「戦力になるかしら？」

なぜか首を傾《かし》げつつ不安そうに尋ねてきた。

「いや、戦力になるに決まってるだろ！」

「そう。それは良かったわ」

俺の言葉を聞いて、ホッとしていた。

(それにしてもシャーロットがこんなに強いとは思ってもいなかった)

まだキチンとした実力はわからないが、さっきの戦闘を見る限り相当な実力があるのがわかる。

そこから数日、低級モンスターと何回か戦闘を行ってシャーロットの実力が俺たちと遜色ない。

いや、それ以上かもしれないということがわかった。

そして、ついにダンジョン入り口に着くと、ギルド職員が立っているので話しかける。

「Aランクパーティの銀色の風です！」

「話は聞いています。ですが今Sランクパーティが攻略に入っているので、すでに終わっているかもしれませんがよろしくお願いします」

（え？　Sランクパーティがいる？）

ギルド職員の言葉に対して、俺はロイドたちかもしれないと頭によぎってしまった。

万全な準備をしてダンジョンに入る。俺を含めて全員がダンジョンの内部に驚いた。

（どうなっているんだ！）

辺り一面迷路になっていた。壁をよじ登ることもできないほどの高さがあり、通路は数十人は入れるほどの横幅があった。

「これがダンジョンなのね……」

「私も初めて来たから言葉に表せないわ」

「そうだね。レオはダンジョンに入ったことがある？」

「いや、俺も今回が初めてだから内部を見て驚いてるよ」

「だな。でもここまで広いなら戦闘とかしやすいだろうな」

「あぁ」

壁と壁の横幅がかなりあるため、戦闘をする時困ることはないだろう。

「じゃあ戦闘も楽そうだな！　敵が奇襲を仕掛けてくることもないしな！」

ジャックがそう言うと、ソフィーやシャーロット、ミルシェが頷く。

（メリットはある。でも……）

「ジャックの言う通り奇襲を受けないのはいいことだけど、それ以上にデメリットがある」

そう言うと全員が首を傾げた。

「俺たちも奇襲をすることができないし、何より逃げることがほぼできない」

どの場所においても奇襲を受けないことはメリットである。なにせ先手を取られないから。でもそれは俺たちにも言えることだ。キメラ戦の時のような奇襲は通用しない。

それに加えて、通路での戦闘になるのが予想されるため、逃げるにしても来た道を戻ることしかできない。だが逃げる時敵がそうやすやすと見逃してくれるわけがない。

「そう言われればそうだね……」

俺が言ったことがわかったのか、さっきみたいな雰囲気がなくなった。

「まあある程度、逃げることより戦うことを意識して進んでいこう」

「そうね」

ここで立ち話をしていても埒《らち》が明かないので、みんなでダンジョンを進み始める。マッピング担当はミルシェのため、俺がミルシェとシャーロットの護衛というポジショニングで歩く。

最初こそ一本道だったが、徐々に道が複雑になっていったため、しらみつぶしに道を進んでいく。そこまでにC、Dランクモンスターと戦闘があったが、難なく倒すことができた。

（でも一階層でC、Dランクモンスターってことは……）

昔、本で読んだ限り、序盤は低級モンスター、中盤で中級モンスター、そして後半で上級モンスターが出ると書いてあった。でも今回は一階層から中級モンスターが出ている。

(もしかしてこのダンジョンって……)

そんなことを考えつつ、一階層のマッピングが終わり、二階層に降りる。二階層も一階層と同じ構造をしていて、同じように道をしらみつぶしに進みマッピングをしていった。その時、前方から火玉《ファイヤーボール》が飛んできた。

「魔法無効化《キャンセリング》!」

俺はすぐさま火玉《ファイヤーボール》をかき消す。魔法無効化《キャンセリング》には二種類があって、一つは魔法を使う前に無効化すること。そして二つ目はすでに発動している魔法をかき消す能力。後者に関してはほぼ使ったことがなかったため、成功するかわからなかったが成功できてホッとした。

「モンスターいなくない?」

「ね」

そう言ってみんなが徐々に前へ進もうとしたので制止する。

「ちょっと待ってくれ」

「え?　わかった」

全員がまだ戦闘態勢をとっている中、俺は前方を凝視する。すると壁側に空間の歪《ゆが》みを発見した。

「あそこ!」

俺はそう言いつつ、歪みに向かって風切《エア・カッター》を使う。すると死霊らしきモンスターが現われた。

「あれって」

「え？　わかるのか？」

シャーロットに尋ねる。

「本でしか読んだことないけど、確かハーガルって言うの。Aランク寄りのBランクモンスターだったはず」

「……」

俺もある程度モンスターの知識があるけど、このモンスターのことは知らなかった。

「どんな奴なんだ？」

「うろ覚えだけど、ダンジョンにしか出てこないモンスターで、魔法を得意としたはず。それに加えて物理攻撃が効かなかったはずよ」

「え？　じゃあどうやって倒すの？」

ソフィーが尋ねた。

「確か聖魔法。人族で言う回復魔法で倒せるはず。だからここは私に任せて」

そう言ってハーガルに対して全方位回復《エリア・ヒーリング》を使う。するとハーガルが徐々に薄くなっていき、もう一度シャーロットが回復魔法を使い、倒すことができた。

「あんな奴がいるなんて……。私たちじゃ何もできないってこと？」

「そうだな。戦えるのはシャーロットとソフィー、そしてレオンぐらいじゃないか？」

「あぁ。でも俺は魔法を無効化するだけで、倒すことはできない。だからソフィーとシャーロットの負担が大きい」

するとシャーロットとソフィーがお互いを見あった。

「大丈夫！　シャーロットと一緒に倒していくから！」

「えぇ」

「じゃあ頼む」

一応は戦い方がわかったから、マッピングを再開する。幸い二階層にはあれ以降ハーガルが出てこなかったため、すぐさま三階層に行くことができた。

ハーガルが出てくる三、四階層も二人のおかげで突破することができて、五階層まで来ることができたが、その時シャーロットの膝が崩れた。

「シャーロット！」

シャーロットに駆け寄り、状態を確認する。一目見てわかった。顔が青く、呼吸しづらそうだった。今シャーロットが陥ってるのは魔力欠乏症だ……。

(なんで気付かなかったんだ！)

俺は地面を叩《たた》く。すると全員がビクッと驚いた。俺がもっとみんなの状態を把握していれば、シャーロットをここまで追い詰めることはなかった。

するとシャーロットが俺の方を向き、頬《ほお》に両手を当てる。

「ひどい顔ね……私は少し休憩すれば大丈夫だからね？」

「本当にごめん」

「バカ。私が惚《ほ》れた男がこんな顔しないで。かっこいい顔が台無しよ？」

「あぁ」

「レオンとソフィアはシャーロットの近くにいてやれ。お前たちは戦いすぎた。俺とミルシェで周りを確認しておくから」

「助かる」

そう言って三人で一旦休憩する。三十分ぐらいでシャーロットの顔色が徐々に良くなってきたのがわかった。

「良くなってきてるよね？」

「あぁ。でももう戦うことはできない」

「わかってるわ。だからもう少し休憩したら帰ろ」

ソフィーとそう話しているとシャーロットが無理やり起き上がり言った。

「私のせいで帰るなんて嫌よ！　足手まといなんてまっぴらよ」

「シャーロット、それは違うよ？　私たちはシャーロットがいたからここまで来られたの。もしシャーロットがいなかったらどうなっていたかわからないもの」

「それでもよ！　私ならまだやれるわ」

無理やり立ち上がろうとしたところで俺は両手でシャーロットの肩に力をのせて座らせる。

「シャーロット！　十分だ。もう十分やった。だから一旦帰ろう」

「でも……」

「ここで一番最悪なパターンは誰かが死ぬこと。そうしたらもう終わりなんだよ。それにこのクエストはマッピングが目的であり、攻略じゃない。だからクエスト失敗ではないんだよ」

現状をきちんと説明して、納得させる。

「……。わかったわ」

その後、もう少し休憩を挟んでシャーロットの顔色が最低限良くなったところで地上に戻ろうとしたその時だった。ダンジョン奥地から声が聞こえた。

「やばい！　逃げるぞ！」

「あぁ。相性最悪だ」

「てかなんでモンスターが魔法を使ってるんだよ！」

「あぁ。ここ最近モンスターが魔法を使う率が増えてないか？」

「そんなことを考えるのは後だ。今はこのダンジョンから抜け出すのが先だ！」

そんな声が徐々に近づいてきた。そしてあっという間に俺たちの視界にそいつらは現れた。

「な！　なんでレオンがここにいる！」

「そうだ！」

クソ！　なんでこんなタイミングでこいつらに会うんだよ。それに加えてこいつらはモンスターを引き連れてきやがった。俺はシャーロットを抱きかかえて走り出す。

「みんな逃げるよ！」

全員でこの階層から脱出しようとした。だが間に合わない。予想以上にハーガルが速かった。だからジャックの横に並んで話しかける。

「ジャック！　シャーロットを頼む」

「え？　あ、あぁ。わかった」

そう言って、ジャックにシャーロットを任せた。するとシャーロットもとどまろうとしたので、俺はシャーロットを一時的に気絶させる。

「俺が時間を稼ぐ」

「でもそれだと……」

みんなが不安そうにこちらを見てきた。

「この状況で時間を稼げるのは俺だけだ。俺なら何とかなる。だからシャーロットを頼む」

「なら私も！」

「ダメだ！　ソフィーが残ったら本当の意味で戦える奴がいなくなってしまう。だから頼む」

「わ、わかった」

そう言って俺だけがこの場に残り、みんなを四階層に向かわせた。そしてすぐロイドたちが俺の目の前に現れる。

ハーガルもついてきながら火玉《ファイヤーボール》を使用してきた。俺はすぐさま魔法無効化《キャンセリング》を使い、それを無効化する。

「!!」

ロイドたち全員が驚いた顔をしながら俺を横切っていった。そしてロイドたちの後ろに続くように走り始める。

何度か火玉《ファイヤーボール》を使ってこようとしてきたが、すべて魔法無効化《キャンセリング》でかき消す。そしてギリギリのところで四階層にたどり着くことができた。

「はぁ。はぁ……」

「あれはお前がやったのか？　もしそうならなんで俺たちを助けた？　お前になんて助けられなくても……」

ロイドが険しい顔をしながら俺に言ってきた。

「そんなの仲間を助けるために決まってる。お前たちを助けるためじゃない」

その時、ソフィーが俺のところにきて抱きついてきた。

「良かった。生きていて……」

「あぁ」

そう話している間に、ロイドたちはすでに先に進んでしまった。その後に続くようにダンジョンを出ようとしたが、あっという間にあいつらを見失う。

俺たちは三階層、二階層とソフィーのおかげでギリギリ突破することができ、一階層はジャックの奮闘で脱出することができた。

ダンジョンを出ると、ギルド職員が俺たちのところにやってくる。

「大丈夫ですか！」

「あ、はい……」

「それにしてもSランクパーティに続いてAランクパーティまでもがここまでボロボロになってしまうとは……」

　ギルド職員は深刻そうな顔をしながら言った。そりゃあそうだ。

（Sランクパーティとᴀランクパーティが攻略できないダンジョンなんて誰が入ろうと思う？）

　それこそ熟練のAランクパーティかSランクパーティしかいない。でもそんなパーティがホイホイいるはずない。

「私たちは一旦カルカードに戻ります。それとクエストも今日で終わりにしたいと思います」

「了解いたしました。私たちギルドでももう一度会議を開きたいと思います」

　それからシャーロットが目を覚ますのを待つ。

「ねえ。このダンジョンは何だったの？」

「わからない。でもここまでやばいところだとは思わなかった」

　そうだ。ダンジョン内に物理攻撃、攻撃魔法が効かないモンスターがいるなんて思いもしなかった。あのモンスターがいる時点で難易度がまるで違う。

　パーティにも近距離特化型とか魔法特化型などがあるが、そのどちらもこのダンジョンをクリアすることは難しいだろう。

　このダンジョンで最も攻略できる可能性があるのは回復魔法士がたくさんいるパーティだが、そんなパーティがいるはずがない。

　それに加えて、まだ五階層までの情報しかない。より階層を進んでいくごとに強力なモンスターが出る時点でそれ相応の実力を持ったパーティでしか踏破することはできないだろう。

（それこそSランクパーティの中でもより上位のパーティとか……）

それから半日が経った夜、シャーロットの目が覚めた。

「ここは……？　それよりもみんなは!?」

「大丈夫。みんな無事だよ」

無理やり起き上がり状況確認を始めたので、俺がここまでの経緯を説明する。するとホッとしたような顔をして座り込む。

「良かった……」

「あぁ。でも明日にはカルカードに帰る」

「なんで!?」

「そんなの、決まっているだろ。俺たちには勝てる見込みがないからだ」

そう。今の俺たちには勝てない。いや、勝てるビジョンが見えない。もし勝てたとしても誰かが欠けてしまう可能性が高いと感じた。

「……。わかったわ」

「あぁ。もう少し寝てていいよ」

「うん」

そう言ってシャーロットは就寝した。その後、ジャックと見張りを代わって俺も就寝した。

目が覚めると全員が朝食の準備をしていた。

「あ、レオ！　やっと起きたね。ご飯できてるよ」

「ありがと」

みんなで朝食をとって、カルカードに向けて出発した。帰り道に何度か戦闘を行ったが、全員動きにキレがなく苦戦した。そして、なんとかカルカードに到着することができた。

俺たちはすぐさまギルドに向かい、今回のことを報告する。するとカナンさんとチャイザさんが謝ってきた。

「そうだったのですね。私たちの判断ミスです。本当に申し訳ございません」

「いえ、こちらこそ申し訳ございません。あと四階層までのマップをお渡ししますね」

そう言ってミルシェがマップを渡す。

「ありがとうございます。それでですが、今日はクエストを受けずに休憩したほうがいいと思います」

「……。考えてみます」

ソフィーが返答してギルドを出ようとした時、ロイドたちと鉢合わせる。

「あ、レオン」

「……」

（なんでまた会うんだよ。クソ……）

そう思っていたところで、ロイドは少し嫌そうな顔をしながらも、思いもよらないことを言ってきた。

「なあレオン。俺たちのパーティに戻ってこないか？」

「は？」

俺を含めて銀色の風全員が驚いた。

（なんで今更戻ってこいなんて言うんだよ）

「だから俺たちのパーティに戻ってこいって言ってるんだよ！」

「今更遅いんだよ……」

ボソッと言ってしまう。すると機嫌を悪そうにロイドが
「あ？　なんて言ったんだ？」

「ねえ！　私たちのパーティメンバーなんだから勝手に話を進めないでよ！」

ソフィーがロイドに向かって怒鳴る。

「は？　元々は俺たちのパーティメンバーなんだから別にいいだろ。なぁお前ら！」

「「あぁ」」

そこでシャーロットが威圧的に言う。

「あなたたちはレオンを捨てたのよ？　それを自覚してる？」

「シャーロット様。別に俺たちはレオンを捨てたわけではなく、一旦休暇をとってもらっただけですよ」

（は？　一旦休暇をとってもらっただけ？）

そんな嘘《うそ》をつくなよ。あの時なんて言ったか忘れたのかよ！　そう思い、とうとうキレてしまった。

「お前たちは俺を突き放したんだよ！」

「は？　お前そんなこと言っていいのか？　俺たちのおかげでSランクパーティになれたのに」

「いや、それは俺のおかげもあってだな」

こいつらのおかげでSランクパーティになれたのは間違ってない。でもそれは俺がいたからっていうのもある。

「お前は荷物持ちをしていただけだ！」

「じゃあなんでレオをパーティに戻すって言ったのよ！」

「それは……」

サルットが言葉に詰まるが、ロイドが怒鳴りながら言ってくる。

「レオンをもう一度荷物持ちにしたいと思っただけだ！」

「じゃあレオじゃなくてもいいじゃない！」

「そんなわけないだろ！　俺たちはSランクパーティなんだ。だったら荷物持ちであろうとSランク冒険者の奴が妥当だろ！」

「ねえ。レオはどうなの？」

ソフィーが俺に尋ねてきた。シャーロットやミルシエ、ジャックも俺に目線を向ける。

「俺はロイドたちのパーティに戻るつもりはない」

「は？　俺たちがここまで言ってるのに戻ってこないのかよ」

「あぁ。もう遅いんだよ」

「もうこんなチャンスないからな！　断ったことを後悔するなよ！」

するとロイドがキレながら去っていった。それを見て少しスッキリした。

「良かった。レオがこのパーティから抜けなくて……」

「そうだな」

「ええ。レオンが抜けたら私がこのパーティに入った意味がないしね」

「本当によかったわ」

「あぁ。心配かけてごめん」

すると全員が笑いながら肩を叩いてきた。この時、やっとみんなが俺を必要としてくれたのがわかった気がした。

(俺には居場所があるんだ)

そう実感ができた。もしあのパーティにいたままだったらこんな気持ちにはなれなかったと思う。

「じゃあ今後のことについて話し合いましょ！」

「あぁ」

この時はまだロイドたちが本当の意味で落ちぶれることをまだわかっていなかった。

四章　世界七商人との出会い

ロイドたちとの一件があった後、みんなで今後のことについて話し合った。

「それでこれからどうするの？　とりあえずロイドを見返すっていうのは終わったんじゃない？」

まあそうだな。一応はロイドたちから戻ってこいと言われてそれを拒絶した。それは見返すで合っているだろう。

（でもそれをしたらあいつらはどう思う？）

そう思っていたらソフィーも同じ考えだったようだ。

「うん。でもあれでロイドたちがあきらめると思う？　私は思わないな。だってあれだけプライドが高い人たちだよ？　だから今後はあの人たちに仕返しを受けないように実績を積みつつ実力を上げるのがいいと思うんだよね。みんなはどう思う？」

「そうだな。レオンはともかく俺たちがあいつらに勝てるかと言われればわからないとしか言えない。それに加えて俺たちはまだAランクで、あいつらより下だ。だからソフィアの言う通り実力を上げつつあいつらに肩を並べられるようなランクにしたいな」

「ええそうね。でもあの人たちにこだわりすぎて結果が出ないなんてことになったらそれこそ本末転倒だと思うわ。だから私たちは私たちなりに成長すればいいんじゃないかしら？」

「そうだな」

シャーロットの言う通り、ロイドたちを意識しすぎて結果が出せないなんてことがあっちゃいけない。だったら俺たちは俺たちのペースで経験を積んでいければいいと思う。

「うん。レオやシャーロットが言う通り結果が出せないなんてことはダメだと思う。だから私たちなりに頑張っていこ！」

俺たちは全員頷《うなず》いた。

「じゃあこれから何をする？　やっぱりAランクモンスターでも狩りに行く？　それともBランクモンスターにしておく？」

「う〜ん、そうね。一旦はBランクモンスターからでいいんじゃないかしら？」

「そうだな」

ミルシェやジャックがそう言った。でも俺がその提案を否定する。

「いや、それはダメだと思う」

「なんで？」

シャーロット以外三人が首を傾《かし》げていた。

「Bランクモンスターと戦うのもいいと思うけど、それは久々の戦闘とかの場合だ。俺の経験上、下のランク帯で戦うってことはそのランク帯に慣れてしまうってことだ。今の俺たちはAランクモンスターに慣れ始めてきていると思う。だったらAランクモンスターと戦って経験を積んだ方がいい」

俺の言葉に続くようにシャーロットも言う。

「レオンの言う通りね。どの分野でもそうだけど下の層と一緒にいたりすると、その層に慣れてしまうの。だから上の層と戦った方がいいと思うわ」

すると三人が「あ～」という顔をして納得していた。そして方向性も決まったので、冒険者ギルドに向かった。

次に受けるクエストをカナンさんとチャイザさんに聞こうとした時、頭を下げられた。

「この前は本当に申し訳ございませんでした」

「本当に申し訳ございません」

「え？」

俺を含めて全員が驚いた。なんで謝られているのかわからなかった。

「どうしたのですか？」

ソフィーがそう尋ねるとカナンさんが言う。

「この前紹介したクエストがSランク指定されました。それを見抜けなかったのは私たちのミスです」

「でもそれはこの前謝ってくれたじゃないですか」

「それでもです。私たちの仕事は冒険者に適切なクエストを紹介することです。それなのにSランククエストなんてものを紹介してしまいましたので」

あの時はまだSランククエストなんてわかっていなかったんだから、謝る必要はないじゃないか。

「別に謝る必要はありませんよ。それに誰一人欠けていないので結果オーライじゃないですか」

「それでも……」

「それでもですよ！　別に怒っているわけではないですし、私たちの力不足だったことも確かです。なのでお二人が悪いわけじゃないですよ！」

ソフィーの言う通りだ。カナンさんたちは悪くない。それよりも俺たちが達成できると思われていたことに対して応えられなかった。

だから、俺たちの方が謝るのが筋だと思った。でも今の状況だと謝っても逆効果にしかならないし。するとカナンさんが言う。

「もう一つあります。私たちはロイドさんたちがあのダンジョンに行っていたことを把握していたのにお伝えするのを忘れていました。なのでそれに関しても謝らなくてはいけません。本当に申し訳ございませんでした」

「申し訳ございませんでした」

「そうなんですね……。でも謝らなくていいですよ。ロイドたちに関しては私たちの問題です。カナンさんたちがそこまで考えるのは仕事以上のことをしていますし」

「そうですよ。でも気遣いありがとうございます」

ここまで考えてくれているとは思ってもいなかった。受付をしてくれる人にもさまざまな人がいる。それこそクエストを渡すだけの人だっている。

だから、カナンさんたちは本当によくやってくれていると思っている。それこそここまでしてくれているカナンさんたちに感謝してもしきれない。

「それも含めて受付嬢です。でもそう言っていただけて本当に助かります」

「はい！」

（よかった）

一応は納得してくれた。でもここまで俺たちに尽くしてくれるなら、俺だってこの人たちに応えたい。そう思っているのは俺だけじゃないはず。

そう思ってみんなを見ると、案の定いつも以上に張り切っているように見えた。

そしてカナンさんたちにクエストのことを相談する。

「それでカナンさん、チャイザさん。何かオススメなクエストはありますか？　できればAランクモンスター討伐のクエストでお願いします」

二人に尋ねると、すぐさま裏方に行って提示してくれる。

「これとかどうですか？」

渡されたのは、ロック鳥《ちょう》、アンデッドキング、オークキングの三つの討伐クエストだった。シャーロット以外の全員がロック鳥《ちょう》の紙を見ていた。

「ねえロック鳥《ちょう》とかどう？　あの時は苦戦したけど、今はシャーロットも加わってくれたことだし前より倒しやすくなってるんじゃない？　それに今の私たちの実力もわかるし」

「そうね。私もいいと思うわ」

「そうだな」

「いいよ」

まあ、俺もこの三つならロック鳥《ちょう》を選ぶ。アンデッドキングやオークキングはまだ戦ったことがないため、情報が少ない。

だから、前もって情報を集める必要がある。でもそんなことをするより、今まで戦った敵を倒した方が効率もいいし、成長度合いもわかると思う。

「シャーロットはどう？」

「私はみんなに任せるわよ」

「じゃあ決定ね！」

そしてカナンさんにロック鳥《ちょう》のクエストを渡す。

「ロック鳥《ちょう》にするのですね。了解いたしました。ではくれぐれも気を付けてくださいね」

「「「はい」」」

そう言ってギルドを後にした。

「じゃあいつも通りバミーシャさんのところに向かお？」

「いいけど一つ提案いい？」

「うん。何？」

「みんなでお金を出し合ってバミーシャから馬車を買わないか？」

今後も馬車が必要になるのは目に見えている。

そうした場合、今後の予算を考えると、今のうちに馬車を買った方がいいと思った。

「私は良いけど、みんなは？」

ソフィーが全員に尋ねると、みんな頷いてくれた。

「俺はいいぜ。馬車一台持っているだけで今までよりもスムーズに進むしな」

「私もいいわよ」

「逆に今まで持っていなかったことが私は謎でしたよ？」

「じゃあ決定ね！　でも馬車ってどれぐらいするのかしら？」

安いやつだとBランク冒険者半月分、高いやつだとSランク冒険者一ヶ月分はする。

低ランク冒険者なら手の出しようがないが、今の俺たちなら十分買えると思った。馬車の値段の差は馬の成長度と馬車単体の強度、そして内装などが関わってくる。

「そこはバミーシャに交渉してみよう」

「そうね」

そう言って俺たちはバミーシャのところに向かったがそこにはいなかった。

「いないね。留守かな？」

「どうだろう？」

バミーシャのことだから遠い牧場にでも行っているのかもしれない。だから少しこの場で待つ。

するとバミーシャが遠くから小走りでこちらに向かってきた。

「あれ？　みんなどうしたの？」

「少し相談があってな」

するとバミーシャが部屋の中に案内してくれる。

（なんやかんや初めて入るな）

結構付き合いが長いけど、中に入ったことはなかった。人の家をまじまじと見るのはいけないことだとわかっているが、やはり見てしまう。普通の家とは違い、牛の彫刻など動物類のものがたくさん置いてあった。

「ねえレオン。まじまじと見られると恥ずかしいんだけど？」

「あ、ごめん」

そう言われた時、ソフィーから脛《すね》を蹴られる。

「痛って！」

「前から好奇心に負けすぎ！」

それに続くようにシャーロットが耳打ちをしてきた。

「ソフィーの言う通りです。貴族や王族ではない家は内装を見られたくないという気持ちを持つのが普通だと思います」

「……。ごめん」

俺が二人に怒られているのを見たバミーシャが言った。

「まあそこまででいいよ。私もレオンがそういう人だっていうのは知っているしね」

（ごめんなさい）

本当に申し訳ない。でもしょうがないじゃん！　初めて見るものを見たくなっちゃうのは普通だし。そう思っているところでみんなが椅子に座った。

「それで相談って何かな？」

俺が話そうとした時、ソフィーがそれを遮るように言った。

「えっと。私たちに馬車を譲ってもらえませんか？」

「譲るっていうのは無償でってこと？」

その言葉にソフィーは首と手を振りながら否定する。

「違います。お金を払いますので譲っていただきたいです」

なぜかバミーシャが悩んでいた。まあ普通そうだよな。馬車貸しをやっているのに、俺たちみたいなお得意客に馬車を売ってしまったらもう来なくなってしまう。

それをやってしまうのは自分から客を手放すようなもんだ。

「別にいいよ」

「え？　じゃあなんで悩んでたの？」

了承が出ると思わず、質問をしてしまった。

「決まってるじゃない。なんで私のところで買おうと思ったのかよ。いくら馴染みの店であっても、買うとなると話は変わる。普通安いと評判のところや、もっといい店だってあったはずよ」

（そんなことか）

「俺たちはバミーシャから買う以外考えていなかったよ。だって今まで借りてきた馬車のクオリティがものすごく高かったんだから」

「そう言ってもらえると嬉《うれ》しいね。それで、いくらまでなら出せるの？」

（いくらまでか……）

ここに来る前に話し合った値段は、俺やシャーロットが加入してから受けたクエストの報酬だ。だから、この値段でいい馬車が買えたら嬉しいけど、値段的にはよくてBランク冒険者の収入一ヶ月分。

（それでいい馬車が買えるのか……）

でも言ってみなくちゃわからないと思い、払える額まで提示する。

すると、バミーシャが頷いた。

「それぐらい出してくれるならいつも使っているのを譲るよ」

「え？　なんで」

いつも使っている馬車ならもっと高い値段だと思っていた。だからこそ、この値段でいいって言ってくれたことに驚きつつ、謎であった。

「そんなのあなたたちに感謝しているからに決まっているからよ。あなたたちがここを利用してくれるおかげで結構他のお客さんも利用してくれるからね」

するとソフィーがバミーシャにお礼を言う。

「ありがとうございます！」

「いいのよ。でも条件があるわ。私の馬車ってことを宣伝してね」

「あぁ。本当にありがとう」

こうして馬車の確保ができた。

(それにしても本当にバミーシャには頭が上がらないな)

俺たちがいつも借りている馬車に乗るとバミーシャが質問してきた。

「それでレオンたちは何のクエストを受けるの？」

「次はロック鳥《ちょう》だよ」

「それってこの前も倒してなかったっけ？」

そういえばバミーシャにはAランク昇格試験の時、ロック鳥《ちょう》討伐に成功したことを伝えたんだったな。だったら今回ロック鳥《ちょう》討伐を受けた理由を話してもいいと思い伝える。

普通ならお金のためとかだけど、実力試しなんて大きな声では言えない。

(なんせ命を張って実力試しをする奴がどれぐらいいる？)

ほとんどいないだろう。もしそんな奴がいたら脳筋とか言われてしまう。

「そうだよ。だから今回は銀色の風としてどれだけ成長できたか知るために受けるんだ」

「そうそう！　私たちSランクパーティを目指してるからね！」

その言葉に全員が頷いた。

「そうなのね。気をつけなよ。銀色の風ならSランクパーティになれると思うよ」

「ありがと～」

そう言って俺たちはこの場を後にした。

「パーティメンバーやカナンさん以外の人にあぁ言ってもらえると嬉しいよね！」

「あぁ！」

バミーシャも身内といえば身内だが、あいつの言葉からお世辞には感じられなかった。もしお世辞だとしてもSランクパーティになれると言ってくれたことがどれだけ嬉しいことか。でも俺はすでにSランク冒険者。だから少しみんなとは感じ方が違うのかもしれない。

（俺だってSランク冒険者になる前そう言ってもらえたら、どれだけ嬉しかったのかわからなかったしな）

そんな会話をしながら馬車でカルカードを出る。前回戦った漆黒の森は危険すぎるが、ロック鳥《ちょう》は他のところにもいる。

だから今回は場所の危険度がBほどの渓谷を選んでみる。そこなら他のモンスターもあまり強くないためロック鳥《ちょう》に集中できると思い、みんなに相談する。

「南西にある渓谷に行かない？　あそこなら漆黒の森に比べて上位モンスターがいないし、ロック鳥《ちょう》に集中できると思うんだよね」

「わかった！　じゃあそこに行こっか」

ソフィーに続くようにみんなが頷いてくれた。

「じゃあ渓谷に行くか」

「「「「おぉ〜」」」」

まず最初は俺が馬車を操り、その後はソフィー、ジャック、ミルシェ、シャーロットの順でローテーションしていった。

（これだけ仲間がいると楽だな）

前のパーティでは俺一人で馬車を操縦していた。だから数人いてくれるだけでも楽なのだが、みんなでやるため全員そこまでの負担にならず渓谷の近くまで着くことができていた。

道中、低ランクモンスターと何度か戦うことになったが、全員で戦うわけではなく、二人一組で戦うようにした。

その方が個々での連携が取れるし、成長もしやすいと思ったからだ。

そして、もうすぐ渓谷に着く時、悲鳴が聞こえた。

「ヒィーッ！」

俺たちは合図なしにその場所に向かった。

すると、そこでは商人らしき人物がワイバーンに襲われていた。それを見たソフィーは、俺たちに指示を出す。

「私とレオとミルシェでワイバーンを討伐する！　シャーロットとジャックでこの人たちを助けて！」

ソフィーの指示に全員頷き、別行動をとる。

「俺とソフィーで前衛をする。ミルシェは援護を頼む」

「わかったわ」

簡単な戦闘方法を話してワイバーン討伐へ入る。定石通りミルシェがワイバーンめがけて矢を撃つ。

（!!）

一発目でワイバーンの目に当たり、地上に落ちてくる。それを見逃さず、俺とソフィーでワイバーンの両翼を斬り落とす。

「ギャイィィ〜」

そしてワイバーンがソフィーに火風《ファイヤー・ブレス》を放とうとした時、魔法無効化《キャンセリング》で打ち消す。ワイバーンが怯《ひる》んだ一瞬を突き、ソフィーがワイバーンの首を斬り落とし討伐した。

三人が合流すると、ミルシェが叫ぶ。

「私たち強くなってるよね？」

「そうだよね！」

「あぁ。あんな簡単に倒せると思ってもいなかった」

ワイバーンはBランク上位のモンスター。俺が銀色の風に加入する前までソフィーたちは苦戦していたと聞いている。それを今回は数分足らずで倒してしまった。

（ここまで成長していたとは思いもしなかった）

はっきり言って予想外だった。まだAランクになって間もないパーティなのに、Bランク上位のモンスターをいとも容易《たやす》く倒してしまう。それほど俺たちは成長していた。

「それよりもジャックたちのところに行こう！」

「「了解」」

走ってジャックたちのところに向かう。するとひげを生やした人の服が血だらけになっていたが、なぜか苦しそうな顔をしていなかった。

「シャーロットが回復してあげたのか？」

「ええ。流石《さすが》に助けるでしょ？」

「あぁ。でもこんなに早く回復ができるとは思ってなくてさ」

シャーロットが回復魔法を得意としているのは知っている。

だけど、戦闘をしていたのは数分足らずであり、シャーロットたちがこの人がいるところに駆けつけたのは俺たちが戦闘を行っている時だったはず。それなのにもう治療が終わっていた。

（シャーロットも成長していたってことか）

「私も驚いているわ。でも早く治療できるに越したことはないし、良かったわ」

「シャーロットも成長しているってことはみんな成長しているってことだね！」

ソフィーがそう言った。するとなぜか笑いながらミルシェが言う。

「ソフィー？　間違っているわよ？　今回このパーティの中で何もやっていない人がいない？」

「え？」

「ジャックよ！　だからジャックは成長していないってことよね？」

なぜかミルシェが小さく笑っていた。

（おちょくっているな。だったら）

「そうだな！　ジャックは今回何もやってないしジャック以外が成長していたってことだろ！」

「ま、待ってくれよ！　俺もそっちの討伐に加わっていれば！」

なぜか弁明してきた。いや、本心で言ってるわけないじゃん。俺がミルシェを見るとやれやれって顔で言った。

「冗談よ。からかっただけ」

すると、ジャックは顔を赤くしながら大声を上げた。それを聞いた俺たちは笑い、男の人が目覚めるのを待った。しばらくするとぴくッと動いて声を発した。

「えっと君たちは？」

「あ、大丈夫ですか？」

ソフィーがすぐさま安否を確認する。

「大丈夫だ。君たちが助けてくれたのか？」

「はい！」

すると深々とお辞儀をしてお礼を言ってくる。

「ありがとう。私はルードン商会の会長ルードンだ。よろしく頼む」

（ルードン商会って七大商会の一つであるあのルードン商会か？）

「冒険者ギルドでAランクパーティをしている銀色の風リーダーのソフィアと申します」

「ギルドの者か……。それもAランクパーティ」

「はい。何かまずかったでしょうか？」

「いや、なにもないよ。それよりも助けてもらったのに君たちに報酬として渡せるものがなくてね……。本当に申し訳ない」

「いいえ、報酬が欲しくて助けたわけではありませんのでお気になさらず」

ソフィーが俺たちの方を向いてきたが、全員同じ考えであった。なんせ報酬をもらうために人を助けるのか？　そうじゃないだろ。そんなんだったら護衛にでもなればいい。俺たちは困っている人を助けて、自分たちが行きたい場所に行く。だからこそ冒険者になったんだ。

「そうか。それよりももしかしてシャーロット様ですか？」

「はいそうですけど？」

それを聞くと膝をついてお辞儀をし始めた。

「この度、助けていただいて誠にありがとうございます。それとお礼もできず誠に申し訳ございません」

「先ほどもソフィアが言いましたが困っている人がいれば助けるのは当然のことですし、お礼が欲しくてやっているわけではありませんのでお気になさらず」

「そう言っていただけると幸いです。でも助けていただいてお礼をしないとなると、ルードン商会の名誉にもかかわってきますので後日お礼をさせていただきます。パーティ名は銀色の風でよろしいですよね？」

「はい」

「では後ほどお礼をさせていただきます」

そう言ってどこかへ行ってしまった。

「それにしてもあの人がルードン商会の会長なんだね」

「そうだね」

流石に驚いた。なんせ七大商会の一つである会長を助けたのだから。そんな大物と会うなんてそう滅多《めった》にない。

(まあシャーロットの方が大物なんだけどね。そういえばルードンさんがさっきシャーロットのことを知っている風だったな)

そう思い、シャーロットに質問をする。

「シャーロット、ルードンさんと知り合いなの?」

「全然。でも何度か名前は聞いたことがあるからお父様と関わりでもあるのかもしれないね」

「そういうことね」

七大商会ともなると国相手に仕事をしているのか。

それにしても竜人族《ドラゴニュート》と仕事をしているってすごいな。そう思いながらも、クエストに戻った。

五章　異変

ルードンさんとの一件がひと段落付き、先へ進もうとした時、ソフィーが言った。

「それよりも早くロック鳥《ちょう》の討伐に行きましょ！」

「あぁ」

俺たちはすぐさま渓谷に向かった。

ルードンさんを助けたりしていて、いろいろ時間がとられたが、やっと渓谷に到着した。

そこは、険しい山々の中に流れている川があり、周りにはモンスターがたむろしていた。

(今のところ低級モンスターしかいないな)

ロック鳥《ちょう》のような上位モンスターが見えないだけで少しホッとする。別に勝てないと思っているわけではない。でも来たばかりの地ですぐさま戦うとなるとこちらが不利なのは明確だ。

モンスターにバレないようにロック鳥《ちょう》を探す。だが、探しても探しても見つからない。

(なんでだ？)

そう思っていたのは俺だけじゃなかったようで、ソフィーも疑問を口にする。

「なんでこんなにモンスターがいないの？」

「わからない」

どの場所だってモンスターはある程度いる。それなのに現状見かけたモンスターはすべてが低級モンスターだ。

(おかしい)

上級モンスターがいないことは多々あるが、中級モンスターまでいないなんて今までなかった。

俺たちはそのまま渓谷の奥へ向かう。徐々に川の流れが速くなっていき、渓谷最深部に近づいているのがわかる。

「ねえ。なんか臭くない?」

「あぁ。臭うな」

腐ったような変な臭いがした。そのまま進んでいくとその臭いが徐々に強くなっていった。そして渓谷最深部である滝に着く。

(!?)

俺たちは目を見開いた。今回討伐しようとしていたロック鳥《ちょう》が複数死んでいる。それも腐敗していた。ソフィーとシャーロットが言う。

「どうなってるの?」

「わからない……」

「あぁ」

でもこの状況を見る限り、中級モンスターは渓谷から逃げて他の場所に行ったが、低級モンスターは逃げることができないから入り口付近にいたのだと理解できた。

（それになんだ？　死体から感じる禍々《まがまが》しい魔力は！）

ロック鳥《ちょう》が複数死んでいることがまず異常だ。

ロック鳥《ちょう》はれっきとしたAランクモンスターであり、場所によっては自然界で頂点に君臨できるモンスターだ。そんなモンスターが複数も死んでいるなんて。

（本当にどうなっているんだ？）

それにロック鳥《ちょう》の死に方もおかしい。首を斬られたり噛《か》みちぎられた状態ならまだわかる。だがここにいるロック鳥《ちょう》すべてが殺された形跡がなく腐っていた。

「一旦カルカードに帰ろう」

「え？　なんで？　まだクエスト達成してないよ？」

「そうだけど、この状況で帰らない方が俺たちにとっては危ない」

俺はそう言いながらロック鳥《ちょう》を見回した。普通じゃない。クエスト中に普通じゃないことなんて当たり前だが、ここまで普通じゃない死に方をしていると流石《さすが》に警戒してしまう。

「わかったわ」

ソフィーや他のみんなも今回ロック鳥《ちょう》が死んでいることに対しては異変を感じ取っているようだったため、すぐさま帰還を決めた。

街に戻り、ギルドに入るといつも以上にうるさかった。

（どうなっているんだ？）

みんなを見ると、全員この異常さに気付いているようだ。ソフィーやミルシェ、シャーロットは首を傾《かし》げ、ジャックは表情を少し険しくし、話しかけてきた。

「なんなんだこれは？」

「わからないわ。でも何かあったのは確かなんじゃないかしら？」

「そうね。まずはカナンさんとチャイザさんに聞いてみよ」

全員頷《うなず》き、二人のもとに向かう。ギルドにいる人たちは不安そうな顔をしていれば、面白半分に聞いている人もいた。

（本当にどういう状況なんだ？）

そう思いながらカナンさんたちのところに向かっていると、カナンさんとチャイザさんが俺たちに気付き、驚いた顔をしながらこちらに寄ってくる。

「皆さん！　お疲れ様です。クエストはいかがでしたか？」

「一応は無事に帰ってくることができました。でも少し問題もあったので話したいのですが、まずこの状況は何なんですか？」

俺が二人に問うと、無言で手招きされる。ソフィーやシャーロットたちを見ると全員が二人について行く雰囲気を出していた。

（まあついて行くよな。それよりもここでは話せない内容ってことだよな……）

一般的に話せない内容を受付嬢から聞く時は別室に連れていかれる。でもそんなことは滅多《めった》にない。あるとしたら高ランククエストの依頼か、身内か上位冒険者が死んだ知らせだ。

でも周りの雰囲気を感じる限りどちらともいえない。

(だったら何なんだ?)

カナンさんたちについて行き、別室に入る。

すると、カナンさんが真剣な顔をしながら話し始めた。

「まずは無事に帰ってきていただいてよかったです」

「はい! それで何かあったのですか?」

「何かあったと言えばありました。ですがまずはレオンさんがさっきおっしゃっていたお話から聞かせていただけませんか?」

全員の視線が俺に集まった。

(俺が話すのね……)

「わかりました」

渓谷での出来事、異変について話した。最初こそ普通の顔をしていたが、徐々に納得したような顔になっていった。そして話が全て終わったところでカナンさんが言った。

「ありがとうございます」

「はい」

「では今回何が起きたかをお話いたしますね。結論からお伝えしますと、ロイドさんが所属していたパーティが壊滅いたしました」

「「「「え?」」」」

俺を含め、全員がその言葉に驚いた。

（ロイドたちが壊滅した？　どういうことだ？）

モンスターに対する考えが甘いのはわかっていた。モンスターが魔法を使わない。そんなことあり得ないから伝えたのに信じてもらえなかった。

でもあいつらが壊滅するなんて信じられなかった。なんせロイドは一級の剣士であり、他二人もロイドには劣るが凄腕《すごうで》の戦士であった。

（そんな奴《やつ》らが壊滅なんてあり得るのか？）

事実を確かめたくて周りのことを考えずに質問をしてしまう。

「それは本当のことですか？」

「はい。上からの報告ではそのように聞いています」

「……」

カナンさんが本当だというのだから事実なのだろう。でも……。にわかには信じられなかった。

あいつらのことが憎いし、ムカつく。だけど、不幸を願っているわけではない。

「それでロイドたちはどうなったのですか？」

「命に別状はなく、現在は安静にしています」

その言葉にホッとした。

「どんな奴に負けたとか聞いていますか？」

「いいえ。でもとてつもない数のモンスターがいたと聞いております。それで思ったのですが、レオンさんが話してくれたことと何か関連があるのかなって思いまして」

渓谷でのことと関連性か……。言われてみればそうだ。あいつらが負けるぐらい強いモンスターだと考えられる。

それと、渓谷でロック鳥《ちょう》が無残な死に方をしていたのを考えると関連性がないとは思えない。

するとシャーロットが話し始めた。

「カナンさんはどう考えていらっしゃるのですか？　私たちより多く情報を持っているカナンさんなら何が起こっているのか予想がついていらっしゃるのでは？」

「……。はい」

「それは私たちには話せないことですか？」

「誠に申し訳ございません。予想とはいえ、今はまだ言うことはできません。ですが私の予想が的中しているのでしたら、皆さんのお力が必要になります。なので、できれば私たちが合図するまでクエストを受けないでいただけると助かります」

全員が顔を見合わせる。なにせ今言われていることは仕事をするなっていうことだ。

現状、非常事態になりかけているのはわかるが、仕事ができないと生きていけない。一応は全員貯金があるはずだからしばらくは何とかなるはずだけど……。

でもソフィーは迷わずに答えた。

「わかりました」

「え？」

思わず声が出てしまった。だって仕事ができないのをこうも容易《たやす》く了承すると思っていなかったから。

「だってそうじゃない！　普通ギルドがこんなことを頼んでくるなんて滅多にないことよ？　それが理不尽なことならわかるけど、渓谷でのことやロイドたちのことを考えるとそうも言っていられないわ。みんなが無事であることが最優先よ」

「ありがとうございます！」

ソフィーがここまで考えているとは思ってもいなかった。でもこの決断がどれだけ重要だったかをまだ俺たちは知らなかった。

ギルドを出ようとした時、周りからいろいろと今回の件についての声が聞こえてくる。

「Sランクパーティなのに壊滅したらしいぜ」

「らしいな。それも情報によると火玉《ファイヤーボール》らしいぜ」

すると話しているもう一人が笑い出しながら言った。

「まじかよ！　俺のパーティでも火玉《ファイヤーボール》じゃ壊滅しないぜ！　なんであんな奴らがSランクパーティなんだよ！」

「本当にな！」

（……）

ざまぁ見ろって思う気持ちと、そうでない気持ちが混合する。まだ追放された時の気持ちが大きいから、少しスカッとしたけど、俺が求めているのはそうじゃない。

ソフィーやシャーロットたちと話した時のことを思い出す。

(見返す方法……)

そう。それは俺の実力を証明してあいつらを見返すか、銀色の風がロイドたちより強くなって世間的に見返すこと。

でも今回の件は違う。あいつらが自滅してこんな噂《うわさ》が流れている。普通なら気にしないが、ここまでギルド内でこんなに噂されるとスカッとする気持ちとは別の感情すら出てきてしまう。

それに、俺たちが求めているのはあいつらにきっちり見返すこと。あいつらが自滅することを望んでいるわけではないし、見返したわけじゃない。

でもここでこいつらに何かを言ったところで、何か変わるわけじゃない。そう思っていた時、ソフィーとシャーロットが俺に顔を近づけてきて問いかけてくる。

「大丈夫？」

「怖い顔してるけどそんなに考えすぎない方がいいわよ？」

「あぁ。二人ともありがとな」

シャーロットが言う通り、今あれこれ考えても何かできるわけじゃないしな……。

「まあそんなことより今後のことを話し合わなくちゃだね」

俺たち全員が頷く。ソフィーが言う通り、仕事をしない以上今後どのような方針にしていくか決めなくちゃいけない。

「どこで話そっか？　ぶっちゃけここで話した方がいいと思うんだけど、ギルド内の雰囲気があまりよくないからね……」

「そうだな。宿の食堂とかはどう？　それか広場のどっかで話すか」

「うーん。聞かれたくない話になるかもしれないから、広場は良くないかもな。だから食堂が一番なんじゃないか？」

「そうよね。じゃあ宿に戻りましょうか」

ジャックとミルシェがそう言うのに全員頷き、ギルドを出る。街の様子を見ながらふと思う。

（街は普通なんだけどな）

ギルド内の雰囲気が異常なだけで、街自体は普段通りなんだよな。でもロイドたちのことが街全体でも噂になったらこれ以上になるってことだよな……。

そう思いながら食堂に向かっている時、ロイドを除いた元パーティメンバー二人と目があった。

「「「あ……」」」

二人は暗い表情をしていて、俺はどんな表情をしていいかわからなかった。

「よぉ。久しぶりだな……」

「あぁ」

お互い、どんな表情をしていいかわからず、視線を外す。だがそんな時間もそう長く続かず、イワルが喧嘩腰《けんかごし》に話し始める。

「お前も噂ぐらい耳にしてるだろ？」

「まあ……な」

「さぞ気持ちいいだろうな。追放されたパーティがここまで落ちぶれたんだからよ」

「いや……」

口ごもってしまった。イワルの言う通りスカッとしていないと言えば嘘になる。でも全部が全部そう思っているわけじゃない。でも今の反応を見てイワルとサルットはより強く言ってくる。

「ほら見ろ！」

「……」

俺が何も言えない状況になっているところで、シャーロットが言う。

「あなたたち、何か勘違いしていない？　あなたたちのパーティがどうなろうとレオンにはもう関係ないじゃない。それなのに今責めて何の意味があるの？　逆にあなたたちがレオンを責めて精神を安定させたいだけじゃなくて？」

すると二人とも黙ってしまう。

「なあ二人とも。何があったか話してくれないか？」

「……。わかった。でも場所は変えたい」

サルットに言われるがまま、全員で場所を変える。そして人気《ひとけ》がない場所に移動するとサルットとイワルが話し始めた。

「まずどこまで知っている？」

「お前たちがクエスト中に壊滅したってところ。そして火玉《ファイヤーボール》で負けたってところまでだ」

「そこまで流れているのか……。だったら説明はあまり必要なさそうだな。噂の通り火玉《ファイヤーボール》でパーティは壊滅したよ」

「でもお前たちが壊滅させられるぐらい強い敵だったたってことか？」

そう。この噂を聞いた時も思ったが、こいつらが火玉《ファイヤーボール》ごときで負けるわけがない。ましてや壊滅だぞ。全員が負けたってことだ。モンスターをなめていたからってそこまで大事になるはずがない。

「いや、普通に中級モンスターだったよ」

「じゃあなんで……」

「モンスターの数が多かったんだよ。でも普通にやったら負けるはずがない。でも敗因として思うのは、認めたくないがお前が言った通りモンスターが魔法を使うということを信じなかったことだと思ってる」

「それでも……」

するとイワルが悔しそうに言う。

「だからさ、今更言うのは遅いけど本当にあの時は悪かったと思っている」

「あぁ。すまなかった」

ここにきて二人に謝られたので、どんな反応をしていいかわからなかった。するとソフィーが怒鳴る。

「今更謝っても遅いのよ！　あの時レオがどんな気持ちで！」

ソフィーの言葉を遮る。

「いいよ。もう終わったことだから」

「本当に悪かった。でも俺たちとは違って、ロイドはそう思っていない。今のあいつは本当に狂っちまった。モンスターが魔法を使うことを知らなかったのをレオンのせいにしている」

「は？」

その言葉に驚く。何度も言ってきたことを信じてもらえなかった。

（なのに真実を知ったら次は俺のせいだと？）

「だから頼む。俺たちから頼める義理じゃないが、あいつの目を覚ましてやってくれ」

するとパーティメンバー全員が俺を見つつ、ソフィーが問いかける。

「レオンはそれを受けるの？　レオンが決めたことなら手伝うけど、よく考えて。こいつらはレオンを追放して、蔑んできた連中なのよ？」

その言葉に全員が頷いていた。

「……」

（俺はどう言えばいいんだ？）

今回、どう返答していいかわからなかった。

「俺は……。俺はあいつを助けてもいいと思ってる」

するとソフィーとシャーロットが驚きながらも言う。

「そう」

「別にレオンが決めたことならいいと思うわ。でも流石にお人好《ひとよ》しすぎるよ？」

「わかってる。それでもあいつに借りた借りぐらいは返したいと思ってさ」

お人好しと言われてもしょうがない。追放されてどん底に落とされた。

そして、銀色の風に加入してからも会うたびに罵倒してくる。そんな奴を助けたいと言ってるのだから。

でも、ロイドたちがいなかったらSランク冒険者になれたかすらわからない。それに、ロイドに助けられたことだってあった。なら一回ぐらい助けてもいいと思った。

(それに助けるからって見返さないわけじゃない)

根本的な考えは変わらない。やり方を変えるだけだ。助けている時に見返す方法だってある。

「――レオン、ありがとう」――

「いいって。でも考え方を改めるための方法はこっちで考えるからな?」

「――わかった」――

そうして二人と別れた。銀色の風だけになったところでジャックが喜び始めた。

「レオン! 良かったじゃないか!」

「ん? 何が?」

「だってあいつら二人は、頼みたくもないお前に頼んできたんだぞ?」

そうかな? でもそうなのかもしれない。見下していた奴に頼む。それがどれだけ覚悟がいることか想像もつかない。

「そうだな」

「それでどうするんだ？」

「根本的な考えは変わらないよ。ロイドを見返す。でも過程が変わるだけ」

ソフィーが聞いてくる。

「え？　どういうこと？」

「前、ソフィーとシャーロットが言っていたけどパーティとしてあいつらより強くなって見返すか、俺の実力を示して見返すかって話をしたのは覚えてる？」

「うん」

「今回、ロイドの考え方を改めるためにやることが後者になるだけだよ」

俺がそう言うと、ソフィーが首を傾げる。

「改めさせる過程でパーティが強くなって見返すなんてできないだろ？　でも俺が魔法を使うモンスターを倒してあいつを助ける。もしくは実力を証明する。そうしたらあいつはどう思う？」

するとソフィーやシャーロットたち全員はハッとした顔をした。

「そう。こいつの言っていたことは正しかったんだなって思う。そう思わせるために今回は、俺の実力をあいつに見せつける必要がある」

「でもロイドたちと一緒にクエストを受けるのはね……」

「そうなんだよな」

あいつらとクエストを受けることはできない。なんたってお互いがお互いを意識しているのだから。

「まあそこはゆっくり考えるか」

「そうね」

話の区切りがつき、日が落ちてきたことから今日は宿に戻ることにした。

◆

そこから数日間はオフということで何もすることがなかった。ソフィーやシャーロットが一緒に外出しようと誘ってきたが、ここ最近街の雰囲気も悪くなってきたことから後日になった。

(シャーロットとの婚約のことも考えなくちゃだな)

シャーロットが嫌いなわけじゃない。むしろ好意的に思っている。でもソフィーのことも気になっているし、すぐに決断することができなかった。

そう思いつつ日が経《た》ち、銀色の風で会議をしている時、至急ギルドに来てほしいと要請が来た。

(もしかして……)

すぐさま全員でギルドに向かうと、ギルド内の雰囲気がものすごく悪くなっていた。

(どういうことだ?)

この前来た時は、笑っている奴や困惑していた奴など様々だったけど、今回は違う。誰一人として笑っていない。全員が不安そうな表情をしていた。

俺以外のみんなもそれを察知したのか気を引き締めていた。

「どういうことかしら？」

「何かやばいことでも起きたのかな？」

「わからないけど、非常事態ってことだけは確かよね」

「そうだな」

話しながら受付カウンターに向かうと、俺たちに気付いてくれたみたいだったが、カナンさんのみが別室に行ってしまった。

（ん？　どういうことだ？）

ロイドの時みたいに別室で話すと思っていた。

だけど、新人のチャイザさんを残してどこかへ行くってことは、そこまで重要なことではないのか。そう思いながらもチャイザさんの目の前に着く。

「皆さん。お待ちしておりました！　別室にご案内いたします」

「え？」

俺も含めて全員がソフィー同様に驚く。何せさっきカナンさんが別室に入っていくのを見ていたのだから、驚くのも当然と言えば当然だ。

「お時間はありませんか？」

「いえ。大丈夫です！」

「ではご案内しますね」

チャイザさんの言われるがまま案内される。別室に入るとそこにはカナンさん、そしてギルドマスターがいた。

（は？　どういうことだよ）

別室に案内されること自体珍しいのに、ギルドマスターまでいるとは思いもしなかった。それはソフィーやシャーロットたちも同様で、驚いていた。

「今回は急に呼んでしまって申し訳ない」

「いえ、大丈夫です」

ギルドマスターの言葉にソフィーが返答する。

「カナンくんから話は聞いているか？」

「いえ」

すると深刻そうな顔で話し始めた。

「実は今回呼んだのはこの街にスタンピードが近寄ってきているという情報を入手した」

「え……？」

（あのスタンピードか？）

数年～数十年に一度、モンスターの大群が来るっていうあれか？　そんなのが来たら街が消滅してしまうかもしれない。

「まだ公にはされていないが、冒険者たちも感づいている奴らも少なくない。それでだが、この街にいる上位冒険者及び、周辺国の冒険者にも要請しているが、君たちにも戦ってもらいたい」

その言葉に全員困惑する。なんたってスタンピードなんて冒険者でも経験するかしないかのラインだ。でもソフィーはすぐさま我に返り、俺たちに話しかけてくる。

「私は戦いたい。冒険者になったってことは市民を守るのも仕事だから。でも命が一番大切だからちゃんと考えてほしい」

「ソフィーが戦いたいなら俺も戦うよ」

俺はそう言う。それに続くようにシャーロットやジャック、ミルシェも言った。

「そうそう。リーダーがそう言うなら戦うしかないでしょ」

「おう！」

「そうね。それにレオンが戦うなら私も戦うわよ」

するとギルドマスターが部屋からなぜか出ていった。それを見計らったようにカナンさんが話し始める。

「では皆さんに大まかな情報をお伝えしますね」

そう言って、スタンピードのことを話し始めた。

「先日お話したことを覚えていますか？」

(覚えているさ)

カナンさんの問いに、全員が頷く。

「私があの時予想していたのは、まさしくスタンピードのことです。私の考えすぎぐらいでいいかなと思っていました。ですが実際に起こってしまいましたので、あの時クエストを受けずにこの街に滞在してて本当によかったです」

「はい。私たちもそう思います」

本当にその通りだ。あの時、ソフィーがクエストを受ける判断をしていたら今頃どうなっていたかわからない。

「現在、被害情報はまだ少ないですが、低ランクの冒険者がことごとく負けている状態です」

「本当ですか……。モンスターはどれぐらいいるとか聞いていますか？」

ソフィーが聞いた通り、今一番必要な情報はモンスターの数だ。敵数がわからない以上、戦い方なども考えられない。

「現状、数千と聞いております」

「それは……」

数だけ聞けば多いと思うが、スタンピード自体が初めての経験なため、それが普通なのかわからない。それを察してくれたのか答えてくれる。

「比較的少ない方だと思います。一応は数日後に冒険者たちを含めたギルドの会議がありますので参加していただけませんか？」

「わかりました」

「では日時が決まり次第ご連絡いたしますね」

俺たちが頷いたところでギルドマスターが部屋に戻ってきた。

「突然部屋から出ていって悪かったな。それでだが、君たち上位冒険者には最前線で戦ってもらいたい」

「わかりました」

それを了承したところでギルドマスターが一枚の紙を出した。

「もし、このスタンピードが終わったら銀色の風を正式にSランクパーティに推薦しようと思っている」

「「「「え!?」」」」

「当たり前だろ。小規模とはいえ、スタンピードはスタンピードだ。でもSランクパーティ昇格には私たち以外にも推薦が必要だが、それも私が何とかして手をまわしておくよ」

「「「「ありがとうございます！」」」」

「では頼んだよ？　スタンピードだから私もきちんと把握しているわけではないが、終わった成果によって報酬もきちんと払うから」

そう言って部屋を後にした。俺たちはそこから一旦宿に戻って各個人の考えをまとめてから話し合うことになった。

(スタンピードか……)

冒険者である以上、戦うのが怖いわけじゃない。それよりも一番怖いことは仲間が死ぬことだ。だから一つだけ自分の中で決めごとを作った。

(俺の命に替えても仲間を救うと)

このスタンピードで俺たち銀色の風とロイドたちの関係が大きく変わることにまだ気付いていなかった。

六章　スタンピード

（スタンピードでどう戦うか……）

俺にとって一番重要なことはソフィーやシャーロットたちを死なせないこと。もし仲間が一人でも欠けてしまうのだったらスタンピードに参加しなくていい。

Sランクパーティになんてならなくていいし、ロイドを見返せなくていい。でもAランクパーティである以上、スタンピードに参加しなくてはいけない。だからこそ、まず安全第一で戦っていきたい。

（でも本当に安全に戦っていけるのか？）

スタンピードである以上、危険と隣り合わせだ。それに加えてスタンピードに参加すること自体初めて。だからより一層危険性は高い。

そんな中、安全第一で戦って意味があるのかと思った。

（安全第一で戦うより、今まで通り戦う方が安全なのでは？）

それに加えてロイドたちとも行動しなくてはいけない……。

サルットやイワルの頼みを了承した以上、ロイドの目を覚まさなければいけない。覚まし方としては簡単だと思う。

　俺があいつに実力を示せばいいだけ。なにせロイドは俺が何もかも悪いと思っている。それを象徴するようにモンスターが魔法を使えることをつい最近認めたものの、俺のせいにしている。

　だったら俺が言っていたことを示してあげればいいだけ。それをするのに一番手っ取り早いのは、実力を示して俺が言っていたことが真実だったということをわからせること。

（なにせロイドは実力がない奴《やつ》のことは信用しないから……）

　それを考えると、ロイドを目覚めさせるのに加えて安全第一で戦うのがどれだけ難しいか痛感する。今まで通りなら銀色の風だけで対処していたが、今回は大掛かりだ。

　多数のパーティが参加する状況下で、臨機応変に対処できるのか。それに加えてロイドに実力を示せるのか。はっきり言って、今回のスタンピードは、難題ばかり。

（まあみんなと話してみてだな……）

　考えている間にみんなとの集合時間になったので、食堂に向かう。するとすでに全員が集合していたので一言謝る。

「悪い、遅れた」

「いいよ～。それで考えはまとまった？」

「いや、まとまってない。でも俺の考えを聞いてもらいつつみんなの意見も聞きたいと思ってさ」

　俺がそう言うと、ソフィーを含めて全員が頷《うなず》いた。そこからスタンピードの話が始まった。やはり全員死なずにスタンピードを終わらせることが一番だと考えていた。

【でも死なずに終わらせるには？】

それについての議論が始まった。結局のところ戦闘時、消極的になっていればギルドマスターに期待されているぐらいの仕事はできない。それに考えも消極的になれば行動も自然と制限されてしまう。だから深呼吸をして言う。

「いつも通りやろう。これが一番安全なんじゃないかな？」

その言葉にソフィーやシャーロットを含めた全員が驚きつつも納得した顔をした。そしてシャーロットも同調する。

「そうよね。私もいつも通りが一番安全だと思うわ」

「うん！　でもロイドの件はどうするの？」

ソフィーに一番突かれたくないところを突かれた。後回しにしていると結局は結論が出ない。でもスタンピードが始まってみない限り、どうするかなんて計画を立てられるわけがない。

「まあそこはスタンピードが始まってみないとわからないな。でも実力を見せること自体は近くで戦闘をしていればわかってもらえると思う。だからその場で考えるかな」

「そうだよな。まあ援護はするから」

「そうね」

ジャックとミルシェがそう言ってくれた。

「助かる。でも最初にも話したけど、一番大事なのはみんなが死なないことだから、ある程度決め事だけして戦っていこう」

「うん！」

スタンピードでの方針も決まったので、軽く全員で細かい部分を話し合った。そして数日間は軽い打ち合わせをしつつ、武器や防具の手入れをして会議の日まで時間を潰した。

そして、上位冒険者たちを集めたスタンピードの会議が行われる日になり、ギルドの内部にある会議室へ入る。

すると、複数のパーティがいた。そこには当たり前だがロイドたちもいて、こちらにやってきて笑いながら俺に話しかけてきた。

「よぉ、無能のレオン。お前も呼ばれたのか」

その発言に銀色の風メンバーは嫌な目をし、サルットとイワルは申し訳なさそうな顔をしていた。そして俺たち以外のパーティ全員が異様な目でこちらを見てきた。

はらわたが煮えくり返りそうな感情を抑え、平静を装いつつ答える。

「久しぶりだなロイド」

「お前みたいな無能まで呼ばれるってことは、本当にやばいんだな」

「……」

流石《さすが》にこの場で言う発言じゃない。それはここにいる誰もが感じていたので、異様な雰囲気になっていた。そりゃあそうだ。普通、私情を仕事に持ち込むなんてやってはいけないこと。

それに加えて、今回起ころうとしているのはスタンピード。いつも通りのクエストとはわけが違う。そんな中で、ロイドがこのような発言をするのは、今回参加している冒険者たちの雰囲気を悪くするのは分かり切っていた。

（はぁ〜）

目を覚まさせる気すら失《う》せてくる。でも、あの時約束してしまったし、今までの恩もあるしな……。

「まあせいぜい死なないように頑張れよ」

「あぁ」

ロイドがイワルとサルットを連れて離れていくと、周りからの視線も消えてホッとする。

（流石に風評被害はごめんだ）

そう思いつつみんなの方を向くと、全員が怪訝《けげん》そうな顔をしていた。そしてソフィーとシャーロットが同時に話し始めた。

「「ねえ、本当に助けるの？」」

「あぁ。まあ約束しちゃったからな」

するとシャーロットが呆《あき》れたような顔をしながら言う。

「まあやるのはレオンだから文句はないけど、そこまでする意味はあるの？　約束だって破っちゃえばいいじゃない」

「まぁシャーロットが言う通りだな。でもロイドに感謝していた時もあったから、一回ぐらい助けてやってもいいかなって思ってる」

シャーロットの言う通り、口約束である以上破ってしまっても問題ない。多分ロイド自身も俺に目を覚まさせられるのは望んでいないと思うし。

でもあいつには助けられたこともたくさんある。俺が無名だった頃に仲間に入れてくれたこと。戦闘時、なんやかんや文句を言いながらも助けてくれたこと。

それこそあいつらには命を助けてもらったこともある。

(まあ、俺も何度も助けていたけど)

だからこそ、パーティを追放されたからって恩を返さないわけにはいかない。

「だったら！」

「そうよ！」

「それでもだよ。もう決めたことだからさ」

すると二人は俺の顔を見て、呆れたような表情で言ってくる。

「だったら一つだけ約束してよ。絶対にロイドのために無茶《むちゃ》はしないって」

「シャーロットの言う通り、レオはすぐに無茶するからそれだけは約束して」

二人の真剣な顔を見て軽く頷いた。二人の表情から、どれだけ自分が大切にされているのかを実感した。

そうこうしていると、ギルドマスターとその他数人が会議室の中に入ってきて、会議が始まった。

「まずここに集まってくれてありがとう。受付嬢たちから聞いていると思うが、およそ一週間後にスタンピードがこの街周辺にやってくる」

ギルドマスターの言葉で先程までの異様な雰囲気が消え、全員が真剣な表情で頷いていた。

それは俺たちも同様で、ロイドと話していた時の嫌な感情がなくなっていた。

「話を進めるが、ここにいるみんなにはスタンピードの最前線で戦ってもらいたい。現在、参加するのは計八パーティだから、各二パーティずつ四つのチームに分かれて戦ってもらう」

するとロイドがギルドマスターに質問する。

「パーティの分け方とかはどうするのですか？」

「今回集まってもらった冒険者は、ここを合わせて三つの街から来てくれている。だから各街に滞在しているパーティと組んでもらう。もし二パーティ以上いる場合は、こちらが指示をして組んでもらう」

その返答に対して、ロイドがこちらを睨《にら》んできた。

（まあそうなるよな）

俺たちが滞在している街にはAランク以上の上位パーティは三つしかない。でもそのうち一つは遠出するクエストに出ている。

そのため、今回参加しているのは俺たち銀色の風と、ロイドたちのパーティしかいないことになる。

それは、必然的に銀色の風と彼らが組むことが決まってしまった。

はっきり言って俺たちと、ロイドたちのパーティは仲が悪い。そんなパーティを組ませるなんておかしなことだ。

でも、今回はスタンピードである。そんなことを言っていられない。

それに仲が悪くなったせいでかえって、お互いを知っている。なら、見ず知らずのパーティと組むより、お互いが知っているパーティと共闘したほうが、生存率は高いだろう。

普通なら誰かしら文句を言うのだが、今回に関してはロイド以外の全員が、俺が何をしようとしているのかを知っている。だから何も言わなかったのだが、案の定ロイドが口を出してきた。

「ギルドマスター！　銀色の風と組むのは嫌です。他のパーティと組むように考え直してくれませんか？」

「悪いがそれはできない。決定事項だ。それにロイド以外の全員はそうは思っていないようだぞ？」

ロイドが俺たち全員を見てきた。するとなぜか嫌そうな顔をしながら話しかけてきた。

「俺たちと組むのはレオンも嫌だろ？　俺だって嫌さ。だからお前からも言ってくれ」

「俺は別にいいよ」

ロイドは驚いた顔で俺を見てきた。その次にソフィーやシャーロットたちを見た後、サルットやイワルを見て言う。

「シャーロット様や、サルットたちは嫌じゃないのかよ！」

「あぁ」

「ええ。私たちの私情で他のパーティに迷惑をかけるわけにもいきませんもの」

「あぁそうかよ」

そう言って、黙り込んでしまった。

（俺たちだってお前たちと組むのは嫌さ）

でもサルットたちに頼まれた以上、役目をこなさなくてはいけない。それにシャーロットが言う通り、他のパーティに迷惑をかけるわけにもいかない。

それに、俺とロイドたちは元パーティメンバーだ。他のパーティより確実にお互いを知っているし、戦い方はわかっているはずだ。だったら好き嫌いで駄々《だだ》をこねていられない。

「ではどのパーティと組むか決まったら私に報告してほしい。後、何か必要なものがあったら私に言ってくれ。可能な限り支援するつもりだ」

俺たち含め、全員の冒険者が頷いた。

「今後の情報は受付嬢経由で聞いてくれ」

ギルドマスターがそう言って会議が終わった。ロイドがギルドから出ようとしたところを、全員で止める。

「今から銀色の風とあなたたちでどのように戦うか話し合いましょ？」

「は？　そんなのいらねーよ。Aランクパーティがしゃしゃり出るな」

そう言ってギルドを出ていってしまった。

（流石に私情を持ち込みすぎなんじゃないか？）

それはみんなも思っていたようで、シャーロットが言う。

「まああんな奴はほっといて、私たちだけで話し合いましょう。その後あなたたちがロイドに伝えてくれればいいわ」

「わかりました」

銀色の風と元パーティメンバーで軽く打ち合わせできる場所に移動する。

ギルドの別室に移動して、スタンピードの件について軽い打ち合わせを始めようとした時、サルットが頭を下げてきた。

「ごめんレオン。ロイドがあんなこと言って……」

「サルットが謝ることじゃないよ。今はそんなことより、スタンピードのことを話し合おう」

イワルも申し訳なさそうな顔をしているし、サルットが謝ってきた。

二人が悪いわけじゃない。あの場で逆に止めようとする方が難しいと思うし、ここで責め立てて今以上に仲が悪くなるのは好ましくない。

だからこそ今後やってくるスタンピードのことを話し合って最低限戦闘の際に連携を取れるようになった方が良い。

そこから軽くスタンピードのことを話し始めた。まず誰が指示を出すのか。そして誰が前衛で戦い、その援護として中衛、後衛は誰がするのか。

そこでシャーロットが話し始めた。

「指示をする人は私的にレオンが良いと思う。だって今は銀色の風に所属しているけど、元はそっちのパーティで冒険していたじゃない？　だから全員に的確な指示ができると思うわ」

するとサルットとイワルも頷いた。

（え？　俺でいいのか？）

「いや、ちょっと待ってくれよ。俺じゃなくてソフィーでも良いじゃないか。ソフィーはパーティリーダーだ。俺なんかパーティメンバーの一人だぞ？　それにロイドだって納得しないと思う……」

それに指示をする人を今決めるのは得策じゃない。確実にロイドが何かしら言ってくるに決まっている。

それが俺だったらなおさらだ。あいつのことだから司令塔は俺がやるとか言ってきそうだから。

「別にいいんじゃない。逆にレオンはやりたくないの？」

「やりたい、やりたくないじゃなくてだな……」

指示をするのに関してはどっちでもいい。みんなが納得するならやってもいい。でもこんな軽い会話で決めていいのかと思った。するとミルシェが言ってきた。

「じゃあ何なの？」

「そんな簡単に決めていいのかなって思ってさ」

よく考えたら俺よりも最適な人がもしかしたらいるかもしれない。それなのにこんなにあっさり決めていいのかと思った。

「いいじゃない。ここにいるみんなが良いって言ってるんだから」

「……。わかった」

「じゃあ決まりね」

すると、全員が俺を見ながら笑った。そしてソフィーとシャーロットが話し始めた。

「レオは考えすぎ！　みんなが良いって言ってるんだからさ！　もっと自信をもって。それにもしロイドが何かしら言ってきてもここにいるみんなが了承しているんだから納得してくれるよ」

「そうよ。もし納得しなかったら納得させるわ。だからレオンは自分の仕事に集中してね。一番大変なのはレオンなんだから」

「ありがとう」

　こうして司令塔が決まったところで、次の議題に入る。でもこちらに関してはすぐに決まった。なんせ全員自分のスタイルは決まっている。それを変えるのはあまりよくない。

だから、前衛はロイドたちに任せることにして、ソフィーとジャックを中衛に、俺とミルシェとシャーロットを後衛にして戦う方針に決まった。

　話し合いも終わったので、サルットたちと別れて全員で宿に戻った。風呂に入って、自室に戻り今後のことを考えていた時、ドアがノックされた。

「今暇？」

「シャーロット？」

「うん。ちょっと話さない？」

　俺は扉を開けると、寝間着姿のシャーロットが目の前に立っていた。

　シャーロットを部屋の中に入れて、ベッドの上に座る。すると、シャーロットが隣に座ってきた。

（あれ？　椅子を譲ったつもりだったんだけど……）

「どうかした？」

「うん。今日ごめんね。私がレオンのことを薦めちゃって」

「そんなこと気にしなくていいよ。それにシャーロットに推薦されて、俺も納得しちゃったしね」

シャーロットが言う通り元パーティメンバーと組むとなると指示する役としては俺が適任だ。なんたって、どちらのパーティにも属していたのだから。

「ならよかった」

「うん。でも今来たってことはそれだけじゃないよね？」

すると顔を赤くしながら呟《つぶや》いてきた。

「……私と結婚するの嫌？」

「え？」

「だから私と結婚するの嫌？」

今そんなことを言われると思っていなかった。それに結婚のことなんてあまり考えていなかった。

別にシャーロットと結婚するのが嫌なわけじゃない。何なら好意的に思っている。でも結婚を考えると薄っすらソフィーのことも思い浮かんでしまう。

「嫌じゃないけど、まだそこまで考えていなかった。ごめん」

「ううん、突然ごめんね。でもスタンピードが起きるってことは万が一どちらかが、最悪どちらも死んでしまう可能性もある。だからレオンが私にどういう感情を持っているのかなって思って。レオンは私のこと可愛《かわい》いって思う？」

「そりゃあシャーロットのことは可愛いと思うさ」

俺がそう答えると、顔がより一層赤くなっていった。

「じゃあ好き？」

「好きか嫌いかで言ったら好きだよ。でもこの人と添い遂げたいと思う決意がまだできていないんだ。本当にごめん」

そりゃあ、シャーロットのことは好きさ。なんたって外見は美少女だし内面も完ぺきだ。それに俺のことを好意的に思ってくれている。そんな人を嫌いになるなんてあり得ない。

それでも結婚を考えるとソフィーのことを考えてしまう。

「別に謝らないでいいよ。でもできたら私と結婚してもいいのか考えてほしいな」

「あぁ」

すると、シャーロットが俺に抱き着いてきて耳元でささやいてきた。

「好き！　おやすみ」

そう言って部屋を出ていった。

(そんなの反則だろ……)

好意的に思っている子にあんなこと言われるなんてずるいだろ。それに加えて寝間着のため薄着だ。いろいろと雑念を振り払いながら就寝した。

次の日、みんなと朝食を取って軽い打ち合わせをする。スタンピードの件と今後について。スタンピードのことはできる限りお互いカバーができる距離を保って戦う方針にしつつ、ロイドたちをどれだけカバーできるかなど、深く内容を詰めた。

そしてスタンピードが終わったら、どこに行くのか。現状この街にいてもあまりメリットを感じられない。だったら他の都市や国に行った方がいいのかもしれない。そこでソフィーが話し始めた。

「私はいろいろな人を救ってあげたい。だから未開の地の開拓や災害級のモンスターを討伐したいな」

「……」

ソフィーの言葉に全員が黙り込んでしまった。なんせ未開の地なんて危険がたくさんある。前回のダンジョンだってある意味未開の地だ。

あまつさえ災害級のモンスターなんて俺たちで何とかなるレベルじゃない。そこで、ミルシェとジャックが話し始めた。

「まあそれはスタンピードが終わってから決めればいいんじゃないか？」

「そうね。先のことを考えるのもいいことだけど、今は目の前のことよね。なんたってスタンピードよ。普通のクエストじゃないんだから」

「うん……。ごめん」

「謝んなって」

ジャックの言葉に対して、俺たち全員が頷いた。そりゃあ誰でも明るい未来のことを考えた方が楽しいから。でも今回はそんなこと言っていられない。

そこからお互い、やるべきことを各々やって数日が経《た》った。そしてスタンピードが始まる二日前、受付嬢とロイドたちを含めて最後の会議が始まった。前回決まったことを説明する。

「は？　レオンが司令塔？　だったら俺で良いだろ！」

するとと受付嬢が言う。

「周りの皆様がレオンさんで良いとおっしゃられているのでお願いします」

「なんでこんな雑魚《ざこ》を……」

そう言った途端、銀色の風全員がロイドを睨みつけていた。

「まあいいぜ。でも足だけは引っ張るなよ」

「あぁ」

その後、戦闘時の意識の共通などを軽く打ち合わせて解散した。そして次の日、とうとうスタンピードが始まると予想される前日になった。

今回俺たちが配置された場所は、ここより数十キロ離れた森林付近。

現状の予定として、この場所でできる限りモンスターの数を減らしつつ後退していくつもりだが、配置場所には俺たち二パーティと中級冒険者が十パーティ程しかいない。

(少ないよな……)

普通のクエストなら十パーティもいれば十分だが、今回はスタンピードであるためこの数では少ない。

もしかしたら一万体程の軍勢が来るかもしれない。それを五十人ほどで処理するのは難しい。

そう考えながらも、道中モンスターと何度か戦う羽目になったが、流石にこれほどの人数がいるので、苦戦することはなかった。

半日が経って、やっと目的地に到着することができた。すると、疲れた顔しながらソフィーが言った。

「やっと着いたね」

「あぁ」

「明日には始まるんだよね？」

「うん」

そうだ。どうやって戦うか考えていたけど、明日にはスタンピードが始まる。ソフィーに言われて、より実感がわいてきた。

「明日、スタンピードが始まります。まず第一に考えてほしいのは死なないことです」

俺がそう言うと全員驚いた顔をしていた。

(まあそうだよな)

普通なら死なないことより、「死守しろ」などと言うのが一般的なのかもしれない。でも俺に大切な人たちがいるように、ここにいる人たちみんなに大切な人がいる。

その人のために戦っているのに、死んでしまったら元も子もない。だからこそ、俺は全員に死なないことを最優先に考えてほしい。

そこから戦い方を説明する。三つのパーティで一グループ作ってもらい戦うこと。そしてグループごとに適切な距離を保ってもらうこと。最後に戦闘中、グループでは戦いきれないと判断したとき、上空に魔法を撃って知らせること。

戦闘時、三つのパーティがカバーできる距離で戦えれば、最低限全パーティが壊滅することはないだろうし、もし危険な状態になっても魔法で知らせてくれれば誰かしらのパーティがカバーにいけるだろう。

俺がそう伝え終えると、パーティが続々とグループを作り始めていった。流石に、上位パーティと組みたいというパーティがいなかったので、銀色の風とロイドたちのパーティが余ってしまったため、グループを組むことにした。

（ある意味好都合だな）

安全性を取るなら強いパーティ同士でグループを組むのは良くないが、今回安全性を取っても意味がない。どんな状況だって危険が隣り合わせだ。なら俺たちが攻撃特化のグループになって、戦った方がいいかもしれないと思った。

だから一つ案を出す。

「俺たちが最前線で戦おう」

すると真っ先にロイドが答えた。

「雑魚のくせにわかってんじゃねーか」

全員その言葉に嫌な顔をしながらも、頷いて了承してくれる。

「……。じゃあその方針でいこう」

そこから各パーティに夜番の順番を伝えて、俺たちグループもどのように戦うか作戦を練って就寝した。そこから数時間後、夜番をしているパーティから報告が入る。

「見えてきました！」

テントから出て高台から辺りを見回すと、森から今まで見たこともない数のモンスターがこちらに向かってきていた。

こうしてスタンピードが始まった。

(なんだ!?　あの数は……)

予想を上回る数のモンスターが押し寄せてくる。いや、そうじゃないのかもしれない。聞いていた通り、モンスターの数として数千程度なのかもしれない。だけど、スタンピードが初めてのため、見る限りでは数なんて判断できない。

それはここにいる全員も同様だと思う。迫ってくるモンスターの数をきちんと把握できていない。

(だけどまずは指示をしなくちゃだよな)

見ている限り、どこにどれぐらいモンスターがいるのかわからない。だから全員がカバーできる範囲で冒険者を配置するしかない。

昨日組んでもらった通りのグループに分かれてもらい、どこにどのグループが行くのか指示を出した。

グループ全体を見てランクが低いパーティは後衛配置に、中堅グループは後衛と前衛をカバーできる中衛位置。そして俺たちと二つのパーティを前衛に配置する。

「昨日も言ったと思うが、まずは全員が死なないことが最優先だ。そして俺たちの目標は数を減らすこと。殲滅《せんめつ》することじゃないことを頭に入れてほしい」

みんなよくわかっていないような表情をしていたが、頷いて配置場所に移動し始めた。俺たちのグループのみが残ったところでソフィーが質問をしてくる。

「なんで殲滅じゃなくて数を減らすことなの？　普通のクエストだと殲滅じゃない？」

ソフィーに続くようにロイドが言う。

「ビビってるのか？」

そりゃあビビるさ。逆にあの数を見てビビらない方がおかしい。だけど、殲滅ではなく数を減らすことを指示したのはビビっているからではない。

「考えてもみてほしい。例えばモンスター五千体に対して、人間五十人だったらひとりあたり百体は倒さなくてはいけない。それは現実的に無理だろ？」

「でも後退したら街が……」

「俺たちが最前線で戦っているのに、なんで後衛部隊もいるんだ？　それは後衛部隊にも戦ってもらうからだ。俺たちがすべてのモンスターを殲滅できるとはギルドマスターとかも考えていない」

殲滅するだけなら、戦力の比重を最前線に置けばいい。だけど今回の陣形として、最前線と中衛、後衛に分かれている。

後衛部隊は街を守るためだとしても、中衛部隊はモンスターと戦うことを想定して作られた部隊。だからこそ俺たちはできる限り数を減らして中衛部隊に引き渡すのがセオリーだと思う。

俺の考えに対して、ソフィーやシャーロットたちは納得してくれたようで、先程までの疑問そうな顔色が一人を残してなくなっていた。

「それでも殲滅を目標にするのが重要だろ！　結果が出ない目標なんて意味があるのかよ！」

「あの数を見て、ロイドは殲滅できると思っているのか？　俺は不可能だと思う。だったら現実的な目標を全員に伝えた方がいい」

「……」

さっきも言ったが、今回の目標はできる限り死なないこと。そして、モンスターの数を減らすこと。

だけど、殲滅することが目標と言ってしまったらできる限り死なないことが厳しくなってしまう。

殲滅することと数を減らすことでは引き際が変わってくる。数を減らすだけだと引き際を冷静に考えられると思うが、殲滅だと無理して戦ってしまうだろう。

「まあここでこんな話をしても意味がないから、俺たちも戦場に行こうか。俺たちが動かない限り、他のグループも動けないから」

そう言ったところで全員が頷き、戦場に向かった。そこから森林を数十分程歩いたところで目的地に到着する。

(近いな……)

雰囲気でわかる。すぐ近くにモンスターの大群がいる。それはここにいる全員も感じ取っているようで、先程とは違い誰もが緊張していた。

(もうすぐ始まるのか)

俺たちの左右数十キロ離れたところに別グループがいると思うが、その人たちも感じ取っているだろう。そう思っていた時、声が聞こえた。

「グギャャャ」

その声はみんなも聞き取っていたようで、ソフィーが言う。

「始まったね」

モンスターの声で、全員に先程以上の緊張が走った。そして、俺たちの目の前にもゴブリンやオーク、オーガなどのモンスターが現れた。

すると、ロイドがモンスターに向かって走りながら言う。

「じゃあ先に行くぜ」

「おい！」

こうして戦闘が始まった。

モンスターの群れにロイドが突っ走ってしまった。

(これだとこの前話していた連携が……)

ロイドが前衛で戦ってくれるのは良い。だけど勝手に行動されてしまうと全員の行動が制限されてしまう。俺やシャーロットのように後衛組ならいいが、ソフィーやジャックなど中衛組はどのように行動していいかわからなくなってしまうだろう。

「みんな！　ロイドのカバーを頼む！　俺たち後衛組も前衛のカバーに入る」

「「「了解」」」

銀色の風全員が返答し、サルットとイワルも頷く。真っ先にソフィーがロイドの近くに駆け寄ろうとした時、木の陰から数体のゴブリンが攻撃を仕掛けようとしていた。

「え?」

驚きながらもソフィーがゴブリンの攻撃を避《よ》けたところで俺が風切《エア・カッター》を使い、ゴブリンの首を落とす。

その時、ソフィーと一瞬目が合ったが、すぐさまソフィーは背を向けてロイドのところに向かう。それに続くようにジャックやサルットたちも後を追いかけ始める。

今回、中衛組が前衛組の援護に向かってしまっているため、後衛組三人はできる限り援護に回った仲間たちにモンスターが攻撃しないようにカバーをする。

その甲斐《かい》があり、ロイドのところにみんなが集まることができた。

(よかった)

でも今回一番俺たちが重要なことは、ここを死守すること。この場所がモンスターたちに占拠されてしまうと前衛、中衛組の帰ってくる場所がなくなってしまう。

そうしたら前衛、中衛組には死が待っている。だからこそ俺たちがいるところは事実上、生命線である。

それから後衛組は、可能な限りソフィーたちをカバーしつつ俺たちがいる場所に来たモンスターを倒して少しの時間が経った。

(どれぐらい倒しただろう……)

もう倒したモンスターを数えるのをやめた。なんせ倒しても倒しても敵が減らない。倒したモンスターを数える余力なんてなかった。そんな時、先程までゴブリンたちだけだったのに、モンスターの大群の後ろの方にリッチが見えた。

（やばい）

リッチを倒せるのは、聖属性魔法を使えるソフィーかシャーロットしかいない。でも現状前衛にはソフィーだけだ。

（どうしよう……）

本当なら今すぐ、俺とシャーロットが前衛に行くのがベストだ。でも俺たち二人が前衛に行ってしまったら、後衛に残るのはミルシェのみになってしまう。

そしたらミルシェをカバーする役がいなくなる。でもこのままだと、ソフィーの負担が大きくなってしまい、均衡が崩れてしまう。

そう考えていたところで、ミルシェが言った。

「リッチよね？」

「あぁ」

（ミルシェも気付いていたのか……）

「レオンとシャーロットは前衛に行っていいよ」

「そしたらミルシェが！」

ミルシェに行けと言われても、そんなことできるわけがない。仲間を見捨てることなんてできない。そんなことをする奴なんて仲間なんて言えないだろ。

「大丈夫。方法ならあるわ」

そう言ってミルシェは頭上に矢を放つのと同時に風魔法を使った。

「みんな！　あと少しでリッチが来るわ！　だからジャックとサルットさんは後衛に戻って！」

二人は頷きながら徐々に後退し始めた。

（こんな使い方もあるのか！）

矢の音で、モンスター及び仲間全員の視線を集めながら、風魔法で遠くまで聞かせていたのか。

「行っていいよ！」

「「ありがとう!!」」

ジャックとサルットがミルシェをカバーできる範囲に入ったところで、俺とシャーロットがスイッチするように場所を交代する。

ジャックとサルットができる限りモンスターを倒してくれていたので、前衛に到着するまで数体のモンスターと戦闘をするだけで済んだ。それもミルシェの援護があったので、そこまで苦戦することもなかった。

そして前衛に着いたところで、全員に伝える。

「これからリッチが来るから、戦士のイワルが気を引きつつソフィーとシャーロットで倒してくれ。俺とロイドで全体をカバーするから」

「「了解」」

三人が了承したところで、ロイドが言う。

「俺は好きに動くぜ」

「ロイド！　流石に指示に従ってくれ！」

ここにいる全員が力を合わせない限り、リッチやゴブリン、オーク、オーガを倒すことは困難になる。ソフィーがリッチに専念する以上、オークなどを倒すのは俺やロイドの仕事になる。

「は？　なんで指図されなくちゃいけないんだよ。それに倒せばいいだけだろ？」

「だったらオークやオーガ、ゴブリンを優先的に倒してほしい」

すると舌打ちをしながら言われる。

「わかったよ」

（よかった）

ここで、リッチを倒しに行くと言われても困るだけだ。

リッチとは、死体を召喚する。そのため、これから召喚されるモンスターを倒してからになる。それだと効率が悪い。

だからこそソフィーやシャーロットに頼むんだ。死体には聖属性が有効だし、リッチにも聖属性は決定打になる。

そうこう話している間にリッチが徐々に近づいてきて、先程倒したゴブリンなどを蘇《よみがえ》らせ始めようとした。そこで俺が魔法無効化《キャンセリング》を使い、リッチの魔法を無効化する。

「ソフィーにシャーロット、頼む！」

「「うん!!」」

俺の合図で二人がリッチに聖属性の魔法を使い、倒す。その時、オークやオーガがこちらに攻撃を仕掛けてくる。それをイワルが盾で防ぎつつロイドが倒す。

その後もリッチが数体死体を蘇らせようとし始めた。

俺はすぐさま魔法無効化《キャンセリング》を使って、無効化したところで二人がリッチを倒す。その攻防を何度か繰り返しているところで、ロイドがリッチに向かって攻撃を仕掛けた。

（あいつ……）

その時、先程まで使わなかった火玉《ファイヤーボール》をリッチがロイドに放った。

「!?」

思いもよらなかったのかロイドが驚きつつギリギリのところで避ける。だが次は避けられない状況で、他のリッチもロイドに火玉《ファイヤーボール》を放った。

（やばい！）

俺はそう思い、魔法無効化《キャンセリング》を使った。

リッチが使ってきた火玉《ファイヤーボール》を無効化したところで、ロイドがこちらを向いて言ってきた。

「助けろなんて言ってないだろ！　俺一人でも何とかなった」

「……。悪い」

ソフィーやシャーロットが嫌な顔をしていたが、ここで言い返しても意味がない。言い返したところでロイドの士気が下がるだけだと思う。それなら俺がグッと堪《こら》えるのが最善だ。

それにリッチが火玉《ファイヤーボール》を使う前に魔法無効化《キャンセリング》をすればよかったこと。それを今回は反応が遅れてしまったから魔法を発動されてしまった。

今回に関しては俺のミスだ。これからはリッチが魔法を使おうとした時に魔法無効化《キャンセリング》をすればいいだけだ。それに今回戦場にいるモンスターは、比較的魔法を使うことが少ない。

強いて言えば、オーガの身体強化とゴブリンマジシャンだ。

でもゴブリンマジシャンは今のところ見かけないし、オーガに関しては身体強化を使われたところでロイドたちなら苦でもないだろう。だから今のところリッチに専念できる。

(もう前衛にいるんだ)

そう。後衛にいた時の気持ちは捨てなくてはならない。後衛では少し気を緩めてもよかったが、今は違う。俺のミス一つで仲間が死ぬ可能性だってある。

自分に言い聞かせて、気を引き締めたところで戦闘に集中する。

先程同様、リッチが使おうとした魔法を魔法無効化《キャンセリング》で無効化しつつ、シャーロットやソフィーに攻撃を仕掛けてくるゴブリンなどを風切《エア・カッター》で倒したり、氷床《アイス・フロア》で動きを鈍らせたところでロイドに倒してもらう。

そうこうしているところでモンスターがソフィーやシャーロットに標的を合わせ始めた。
(クソ)
こうなったら俺も先程までの余裕がなくなる。そう思っていたところでイワルとソフィーが言う。

「俺が二人は守るからロイドとレオンは目の前の敵に集中してくれ」

「うん！　イワルさんと一緒に私も戦うから」

二人がそう言ったところで後衛からミルシェが言ってくる。

「私もカバーするからレオンしかできないことに専念して！」

仲間を信じて、ロイドと一緒に周りにいる敵を倒し始める。二人で徐々に前に進みつつ敵を倒していく。

リッチの魔法を魔法無効化《キャンセリング》しつつ、ロイドが討ち漏らしたモンスターを倒す。この動きがうまくハマり、ことごとく倒すことができた。

そして、ある程度モンスターを倒したところでモンスターが徐々に左右に引いていき始めた。

（どうする!?）

左右にも冒険者はいる。モンスターがこの場から消えたところで結局のところ、他の人たちの負担になってしまう。そこでロイドが言う。

「おい雑魚、モンスターを追うぞ！」

「え？」

「このままここにいてもモンスターの数を減らすことはできない。だったらモンスターを追って、できる限り倒した方がいい」

ロイドの言う通りモンスターの減らすのが最優先だ。

（でもそうしたら仲間たちの負担が……）

そう思ってしまった。なんせ俺たち二人が消えたらここにいるメンバー全員、戦闘がきつくなる。

その時、左方向から悲鳴が聞こえた。

（なんだ？）

そちらを向くと、禍々《まがまが》しい魔力を感じた。

「この感じ……」

ソフィーたちに伝えて、ロイドと悲鳴が聞こえた方向に向かった。走って到着した時には、冒険者が一人腐食して死んでいた。周りを見る限り、他の人たちは無事なようだが、全員が怯《おび》えていた。
（クソ）
できる限り死なないようにって目標だったのに、すでに一人死んでしまった。そう思うと、自分の判断への葛藤が出てくる。

もっとうまく指示を出していれば。時間を決めて撤退させていれば。もっと早く援護に行ければ。そう頭によぎった。

でも今そんなことを考えてもこの人は生き返らない。自分に言い聞かせ一旦深呼吸をして、目の前の死体を眺める。

すると思っていた通り、渓谷で見たあの光景に近かった。その時、森林奥から禍々しい魔力をまとった男が出てきた。

「あれ！　まだ強そうなのが残っているではありませんか！」

（こいつ……。魔族か？）

お互い警戒しながら、ロイドが話しかけた。

「お前……。誰だ？」

すると笑いながら答えてきた。

「そう警戒しないでください。私はあなたたちにお願いする立場なので」

（こいつは何を言っているんだ？）

警戒しないわけないだろ。あいつから感じる魔力はやばい。はっきり言って、そこら辺のモンスターが雑魚に感じるほどだ。

（それに何をお願いするんだ？）

俺はそう思いつつ尋ねる。

「何を俺たちに頼みたいんだ？」

「おい、レオン！　こんな奴の頼みを聞くのか？」

その問いに対して、首を横に振る。こいつの頼みなんて聞くわけがない。十中八九冒険者を殺したのはこいつだ。でもこいつの情報がない以上、話を聞いて少しでも情報を入手するのが得策だと思う。

それに戦闘に参加する実力のない冒険者をこの場から離れさせなくてはいけない。それには時間が必要だ。だからこそ、こいつの話を聞くことにした。

するとこいつが喋《しゃべ》り始める。

「まず自己紹介からしますね。私は七魔将の一人、ナユートと申します」

（七魔将……）

流石に冒険者なら誰もが聞いたことがある。魔王の直属の部下として名を揚げた七人の魔族。そんな奴がなんでこんな場所に……。

「七魔将がなんでこんな場所に？」

「それはですね。この辺りを占拠しなくてはいけない理由ができまして。なので人族にはこのエリアから一週間ほどで撤退していただきたいのです」

「そんなことできるわけないだろ」

ロイドが言う通り、撤退することなんてできない。ここら辺には街が複数ある。それを一週間程度で撤退なんてできるわけがない。それにもし撤退させるとしても、街の住民には何て言う？　拒絶するに決まっている。新たな場所で一から生活を立て直すのは過酷すぎる。それを住民が承諾するわけがない。

「でしたら近くの街に住んでいる人族を半分ほど殺させていただきます。そしたら考えは変わるでしょう？」

「そんなことさせない」

なんで俺たちが冒険者としてここにいる？　それは街に住んでいる人たちを守るためだ。それなのに半分殺されてからもう一度考えろなんて滅茶苦茶《めちゃくちゃ》な話だ。

「そうですか。ではあなたたちにも死んでもらわなくてはいけませんね」

すると一瞬にして俺たちの背後を取り、ロイドに向かって魔法を使おうとした。俺はすぐさまその魔法を魔法無効化《キャンセリング》で無効化する。

「は？」

ナユートが唖然《あぜん》とした顔をしていた。その隙をロイドは見逃さず斬りかかるが、ナユートはすぐさま俺たちから距離を取った。

「ロイド。あいつの魔法、気を付けろ」

「わかってる」

ロイドも気付いているようでよかった。ここでモンスターや魔族が魔法を使うことはないとか言われたら、流石に俺一人でこいつを退治しなくてはいけなかった。それにさっき使おうとしていた魔法はやばい。直感的にそう感じた。

「今、あなた何をしました？」

「さぁ？」

手の内を明かす程バカじゃない。そんなことをして不利な状況を作る意味がない。

「まあいいでしょう。まずはあなたから殺しますね」

ナユートがそう言うとすぐさま俺の方に高速で移動してきて、先程の魔法を俺に使ってきた。それに対して、魔法無効化《キャンセリング》を使って無効化する。だが、それを見越していたのかもう一度使ってくる。

（やばい……）

流石に想定していなかったため、体が思うように動かず硬直してしまう。

すると、ロイドが俺を蹴り飛ばしてきた。おかげで黒い粒の魔法を回避できた。

「何をやってるんだ！　死ぬぞ」

「悪い」

ロイドが援護してくれなかったら、今頃死んでいた。そう思うとゾッとする。

（もっと気を引き締めなくちゃ）

あの魔法は連続で使えると仮定して戦わなくてはいけない。それに加えてあの高速移動もあり、まだ使っていない魔法や体術だってあるかもしれない。

そう考えると絶対にロイドの力が必要だ。だから俺はロイドに言う。

「ロイド。今までのことは一旦忘れよう。前衛を頼む。俺はお前の援護をする」

「わかった」

話が終わったところでロイドが俺の前に立った。その時、ボソッと小さな声でナユートが言う。

「金髪の男性を殺したいですが、結局どちらも殺すのでいいか」

そして先程同様、瞬間移動したかのようにナユートがロイドの目の前に現れ攻撃を始めた。

（!?）

俺たち二人が驚いているところに、ナユートがロイドへ向かって殴りかかった。先程の攻撃パターンとは違い、打撃系の攻撃を組み合わせてきたため、ロイドの反応が一瞬遅れてしまいもろに食らってしまう。

「ウッ」

ロイドが怯《ひる》んだのをナユートは見逃さず、先程の魔法を使ってくる。

（やばい……）

俺はすぐさま魔法無効化《キャンセリング》を使い、その魔法を無効化する。だが思っていた通り、連続でその魔法を使ってくる。それも無効化したところで、一度ナユートが身を引いた。

「二度目も無効化しますか。では少し作戦を変えなくてはですね」

ロイドが戦闘態勢に入る前にナユートが俺を攻め入ってくる。先程同様、打撃攻撃を仕掛けてきたが、それを完ぺきには避けることできず腹に鈍痛を感じる。

（いてぇ……）

もろに食らってはいなかったため、戦闘態勢を取り続け追撃してきた魔法を魔法無効化《キャンセリング》でかき消した後、距離を取ろうとする。しかし、ナユートがそれを許すはずもなく、再び殴りかかってくる。

（やばい）

これを食らったら魔法無効化《キャンセリング》を使うことができなくなる。そう頭をよぎった時、ロイドがギリギリのところで援護してくれた。

「助かった」

「あぁ。どちらかが死んだら均衡が破れる。しっかりしろ！」

「わかってる」

ロイドの言う通り、俺かロイドのどちらかが戦闘不能になった時点で今の均衡が崩れる。それだけはあってはならない。それにこの場で俺たちがナユートを退治しない限り、ここにいるみんなは死ぬ。

すると、ナユートは先程のへらへらしていた顔をやめて、魔法を撃とうとする。それを魔法無効化《キャンセリング》しようとした時、ナユートが魔法をやめて距離を詰めてきた。

それをロイドがカバーしてくれるが、また距離を少し取って魔法を使ってこようとする。

(やばい)

瞬間移動のように高速移動してきて、腐食させる魔法も使ってくる時点でやばいのに、フェイントを入れられたら流石に対処が遅れる。

そこから一分ほど攻防を繰り広げたところで、案の定対応が遅れてナユートが全方位に黒い粒の魔法を放ってきた。

(これだ……)

「ロイド避けろ!」

「わかってる!」

先程とは違い数が多い。これをすべて魔法無効化《キャンセリング》することはできない。だから最低限、俺とロイドに当たりそうな黒い粒だけを無効化する。

そして黒い粒が収まったところで周りを見る。

(ッッッ!)

辺り一面にあった草や木、そしてゴブリンやオーク、オーガの死体などがすべて腐食していた。

「これでも生きていますか」

「「……」」

現状、押されているのは俺たちだ。このままだと確実に負ける。そう思ったので、ロイドに案を話す。

「お前に指図されるのはムカつくけど、いいぜ」

「助かる」

そして最後の戦闘が始まった。ナユートが先程同様、俺たちの前に瞬間移動してきて、ロイドの目の前に立つ。そこでナユートが攻撃を仕掛けてこようとした。

その時、ロイドが左にずれて俺と対面する。そこで風切《エア・カッター》を使うが、ナユートが避けてしまう。

（ここまでは予想通り）

瞬間移動しているように見えるが、結局は目で追えない速度で動いているだけ。だから氷床《アイス・フロア》を使って動きを鈍らせ、ロイドに攻撃してもらう。

そこでやっと損傷を与えることができて、ナユートから緑色の血が流れるのが見えた。

ナユートは、一旦距離を取ろうとしてきたが、氷床《アイス・フロア》のおかげで先程までの動きができなかった。

「こうなったら！」

ナユートが叫びながら、先程の魔法を使おうとしてきた。それを俺はわざと使わせる。

（魔法を使った時、一瞬だけこいつに隙ができる）

案の定、黒い粒が俺とロイドが当たらない範囲で魔法無効化《キャンセリング》を使って、打ち消す。

そして、魔法を使った一瞬の隙をついて、ロイドがもう一度斬り付けてナユートを攻撃した。

「く……。一旦撤退しますか。それにしても流石にあなたと私では相性が悪いですね。ですが私も結果を出さなくてはいけないので」

そう言って、空に向かって大きな黒い粒を放ってから、黒い靄《もや》を出してその中に入っていこうとした。

（逃げられる！）

そう思い、俺はとっさに風切《エア・カッター》を使う。すると無意識に今まで以上の魔力が込めていたらしく、ナユートの片腕が落ちる。だがすぐさまナユートはその腕をもう片方の手で持って黒い靄に消えていった。

（もしかして……）

ナユートが空に放った黒い粒は破裂して消え去っていた。

そう思ったが辺り一面、先程と変わりがなかった。

（どうなっているんだ？）

戦った時と同じ魔法だと思う。だとしたらこの周辺一帯は腐食し始めてもいいはずだ。それなのに現状、何も変化がない。俺の考えすぎならいい。

このまま以前の環境に戻ってくれれば。でもナユートのことだ。そんなはずはないだろう。

それはロイドも同じ考えであったようだ。

「さっき使われた魔法、何だったんだ？」

「わからない」

するとロイドが真剣な顔でこちらを向き、俺に話しかけてくる。

「レ、レオン……」

「なんだ？」

そう言った時、ソフィーやシャーロットたちがこちらに走ってきた。

二人の表情を見て、ホッとする。でも一つ疑問に思う。

俺とロイドはソフィーたちから離れてナユートの討伐に向かったが、シャーロットたちは違う。先程までモンスターたちと戦っていたはずだ。

(それなのにこちらに来たってことは、モンスターを討伐し終えたってことか？)

でも俺たちがあの場から離れた時ですら、数えきれないほどのモンスターがいた。それを倒したとは思えない。少し待ったところでソフィーたちが到着して、話しかけてくる。

「レオ大丈夫だった？」

「まあね……。そっちは？」

「なんかわからないけど、モンスターたちが急に引いていったんだよね」

(モンスターが引いていっただって？　そんなことがあり得るのか？)

書物を読む限り、モンスターに意思はないと書いてあった。

(それなのにあの数が一斉に引いていくなんて……)

そこで一つの考えが頭によぎる。

(もしかしてナユートが消えたからか？)

このスタンピードはナユートが計画して起こしたもの。でもそんなことができるのか？　七魔将であろうとあの数を統率するなんて。

でももし可能なら、スタンピードは自然にではなく、計画的に起こせるのかもしれない。そう考えると、ゾッとした。

「そうなんだ……。でもまずはみんな無事でよかった」

「うん！　それでそっちは何があったの？」

「それは後で話すよ。まずは拠点に戻ってみんなの安否を確認しよう」

俺がそう言うと、全員が頷いて拠点に戻り始めた。

行きの道中と違い、帰りはモンスターが一匹も出てこなかった。目の前にあるのはモンスターの死体だけ。

（本当に終わったんだよな？）

そして特にみんな話すことなく拠点に帰ったところで、冒険者たちを目の当たりにする。

（!!）

こんなに減っていたのか……。数時間前までの数分の一ほどになっていた。

（クソ……。考えが甘かった）

死なないように戦ってほしいと言ったのは、ただの希望的観測だったというのが今になって実感する。それほどスタンピードに対して考えが甘かった。一呼吸おいてみんなに言う。

「まずは戦闘お疲れ様でした。前衛でのモンスターが撤退していったので、全員が動けるようになったら、中衛部隊に合流しましょう」

そう言ったら、冒険者たちが歓声を上げた。

「俺たち勝ったんだよな？」

「そうだろ。スタンピードを潜《くぐ》り抜《ぬ》けたんだ」

「でもあいつは……。クソが」

いろいろな声が聞こえてきたが、比較的明るい声が多かった。そして俺たちも休憩を取っている時、シャーロットが話しかける。

「これからどうするの？」

「さっきも言ったように中衛部隊に合流するよ」

「それはわかってるわ。その後のこと」

「……。一旦は情報を共有しなくちゃ今後どのように行動していいかわからないから」

本当ならこの場所でモンスターの動きがあるか警戒しなくてはいけない。

でも現状、冒険者たちの体力や心理的状況を見る限り、そんなことできない。それに、もともと後退するのは決めていたことなので、ここに絶対いなくてはいけないわけでもない。

（それに、あの魔法に関しても報告しなくちゃ）

七魔将がいたこと。そして空に魔法を使われたこと。それを報告するのが現状の最優先だ。

全員で一日程休憩を入れた。その後、この場所から後退を始めて中衛部隊の拠点に到着した時、俺を目撃した騎士たちが血相を変えた。

「大丈夫なのか？」

「あぁ。それよりも情報共有したいから中に入れてくれ」

そう言って門を開けてもらった。そこからモンスターが撤退していったことなど、前日起こったことの説明を始めた。

「じゃあスタンピードは終わったってことか？」

「わからない。それよりも他のところがどうなっているのか教えてくれないか？」

「それが、昨日から情報が回ってこなくてな」

「じゃあ俺たち銀色の風が一旦街に戻って情報を集めてくる」

一旦、中衛部隊の人たちと話しを終えて、俺たちは一足先に街に戻った。

エピローグ

街に戻ったところで、ギルドマスターに報告する。

「それは本当か？」

「はい。七魔将が空中に魔法を放って撤退していきました。それに伴ってモンスターたちも撤退していって……」

報告を軽く終えたところで、全体がどのような動きになっているか話を聞く。すると案の定、二日前からモンスターたちが撤退していったらしい。

（やっぱりモンスターたちが撤退してったことに、ナユートが絡んでいるのか……）

そう思うに他ならなかった。

「七魔将が絡んでいるとは思いもしなかった。レオンたちには言い方が悪くなってしまうが、お前たちのところでぶつかってくれて本当によかった」

「あはは……」

（俺は当たりたくなかったよ）

でもソフィーとシャーロットたちと当たらなくてよかったと考えるとそうだと思う。なんせ、俺だったからあの魔法に対応できたけど、別の誰かなら確実に死んでいたかもしれない。

「じゃあ俺から中衛部隊や他のところにも報告をしておくから、レオンたちは休んでいてくれ」

「わかりました」

俺がそう言うのと同時にみんなも頷《うなず》き、ギルドを出た。そして、宿に戻ろうとした時、ロイドが俺に言ってくる。

「レオン。今まで本当に悪かった」

「え？」

突然そんなことを言われて、驚く。つい数日前までは無能だとか、雑魚《ざこ》だとか言っていた奴《やつ》に謝るなんて……。

「ナユートと戦ってわかった。いや、スタンピートが始まってわかったよ。お前がどれだけすごい存在だったかを」

「……」

「都合がいいのはわかってる。でも、もしよければもう一度俺たちのパーティに戻ってきてくれないか？」

今更そんなこと言われても遅いよ。もっと早くその言葉を聞きたかった。パーティを追放された直後に今の発言をしてくれれば喜んで戻っていた。でも今は……。

そこでソフィーとシャーロットが言う。

「レオはもう私たちのパーティなんだから駄目だよ！」

「そうよ。あなたがどれだけレオンを傷つけたかわかってる？　物理的な痛みならすぐ治るけど、精神的痛みはすぐには治らないいんだよ？」

「そうだよな……。悪かった」

ソフィーが言う通り、俺はすでにソフィーたち銀色の風とパーティを組んでいるし、戻ることはできない。それに精神的痛みはもうない。

あの時、ソフィーたちに会わなかったらどうなっていたかわからない。でも今は、ソフィーやシャーロットたちが俺を信用してくれているし、ロイドたちからも心から謝られた。

(だから!!)

「ロイド。もう戻ることはできないけど、ライバル関係としてお互い高め合っていかないか？」

「え？」

「そのまんまの意味だよ。俺はロイドをもう恨んではいない。だからお前はお前で、前を向いて一緒に国や街を救っていってくれ」

するとロイドは少し涙目になりながら再度謝ってきた。

「あぁ。本当に今まで悪かった」

こうしてロイドたちと仲直りをして、一晩が過ぎた。

そこから数日間、冒険者ギルドでできることをして情報を待った。そんなある日、ギルドマスターから言われる。

「まず良い報告から言うと、スタンピートは収まった」

するとソフィーが胸を撫で下《お》ろしながら言った。

「良かった」

「それで悪い報告とは?」

良い報告からと言った時点で悪い報告もあるはずだ。それを聞くまでは喜ぶことができない。それを解決するのも俺たち冒険者の仕事だから。

「この周辺一帯に結界を張られた」

「結界?」

「あぁ。一定の時間が過ぎるごとに植物が腐食していく魔法だ。それがずっと続くようならここ一帯に住むことができなくなってしまう」

「……」

(やはり、ナユートの魔法だったか……)

植物が腐食してしまうと、食べ物ができなくなってしまう。すると動物は育たないし、人間なんて住むことができない。

改まってギルドマスターが俺たちに言ってくる。

「それでお前たちには一つ依頼をしたい」

俺たち全員がギルドマスターを見つめると、少し笑いながら話し始めた。

「Sランクパーティ銀色の風。この件について調査をしてほしい」

「「「「え?」」」」

（俺たちがSランクパーティだって？）

　スタンピートで結果を出せたらSランクパーティになれるとは聞いていたが、こんな形で知らされるとは思いもしなかった。

「すでに君たちはSランクパーティだ。そんな君たちに調査をしてもらいたい。今はまだこの魔法の影響をあまり受けていないが、数年後にはどうなっているかわからない。だから頼む」

　するとソフィーが言う。

「わかりました！」

　それに続くように俺たち全員も頷いた。

（まあ俺たちがやるのが最善だよな）

「それはよかった。では後日、Sランクパーティの昇格式を行おうと思う。それまではゆっくりしてくれ」

「はい」

　ギルドマスターとの話が終わり、エントランスに行ってカナンさんたちと俺たち全員で話し始めた。

「Sランク昇格おめでとうございます！」

「ありがとうございます！」

　そこでジャックとミルシェが言う。

「俺たち本当にSランクパーティになったんだよな？　まだ実感がわかないいんだけど……」

「ね！　でも目標の一つがやっと達成できたね」

ジャックの言う通り、先程聞かされたばかりなのでSランクパーティになった実感はわかない。

でも銀色の風の目標がやっと達成されたんだ。するとソフィーが言う。

「じゃあ打ち上げしよ～」

その後、カナンさんとチャイザさんを含め全員で打ち上げをしてスタンピードの幕が終了した。

この時はまだ、俺たちが本格的に過酷な状況になるのをまだ知らなかった。

書き下ろしエピソード　ソフィアとレオンの過去

俺が五歳の誕生日を迎えた時、隣の家のソフィアと初めて遊んだ。

それまでは、お互い親に連れられて会ってはいたが、人見知りを発揮していた。だけど、俺の誕生日を境に絡むことが増えた。

先に話しかけたのは俺で絵本を読んでいたソフィアに対してだった。

「ソフィアちゃん。久しぶりだね」

「ひ、久しぶりレオンくん。お誕生日おめでとう」

「ありがと。それより、なんの絵本を読んでいるの？」

俺が首を傾《かし》げながら問うと、満面の笑みで言われた。

「勇者物語」

特に本の内容になんて興味はなかった。でも、同い年の子なんて近所にそうそういなかったため、ソフィアと仲良くなりたいという一心で本の内容を聞く。

「へ～。どんな内容？」

すると、魔王を倒すために勇者やその仲間たちが冒険をする話をされた。それを聞いて、俺の世界が変わった。

（こんなことがあるのか!!）

この世界には自分より数十倍も大きいドラゴンや異種族がいたりするとのこと。

それに加えて、ダンジョンのことや火山地帯、先が見えない森林があることなど、心が躍ること
ばかりが書かれていた。

その日から、俺とソフィアは意気投合して、勇者物語の絵本を何度も読むようになった。

「ソフィアちゃん。俺、冒険者になる!!」

「レオンくんがなるなら、私もなる!!」

「じゃあ、今から剣の練習をしなくちゃだね」

「うん!!」

ここから、俺たちは剣術の練習を始めるようになった。

お互い、両親に木刀を買ってもらい、ソフィアと軽いお遊びをするようになる。最初は、木刀の
重さに慣れなかった。

だけど、素振りなどをしていると木刀を扱えるようになっていった。

そして、俺とソフィアが七歳になった頃には、木刀で決闘をするようになる。

「今日は勝たせてもらう!!」

「いや、今回も俺が勝つ」

すると、周りにいる大人たちは笑顔で俺たちのことを応援してくれた。

「ソフィアちゃん頑張れ～」

「レオンくん頑張って!!」

俺とソフィアの実力は、ほとんど変わらず、毎度のことながら勝っては負けての繰り返しであった。

結局のところ、今日の決闘は俺が負けてしまい、ソフィアが勝った。

「明日は勝つ」

「明日も私が勝つよ」

その後も、一日も欠かさず決闘を続けるが、案の定どちらかが大きく勝ち越すということもなく、十歳になった。


「ねぇレオ。私たちって強くなっているのかな？」

「どうだろう？　強くなっているとは思うけど、お互いが勝ち越すってことがないからなぁ」

「うん。だったら、今度モンスターと戦ってみない？」

「え、それってやばくない？」

そう。子供の俺たちがモンスターと戦うことが、いかに危険かは俺ですらわかる。

「でも、ゴブリングらいなら倒せそうじゃない？」

「ま、まあ」

ソフィーの言う通り、モンスターの中で最弱と言われているゴブリンぐらいなら倒せるとは思っていた。

「じゃあ決まり!!」

「武器はどうするの？　木刀じゃ戦えないよ？」

流石《さすが》に木刀でゴブリンを倒すことはできない。最弱と言っても、モンスターはモンスターだ。

すると、ソフィーは少し考え始めた。そこから一分ほど経《た》ったところで何か思いついたようにハッとした。

「ゴミ捨て場に騎士が使っていた武器があるんじゃない？」

「あ〜。そう言われると、そうかもしれない」

この街を守っている騎士たちは、使わなくなった剣をゴミ捨て場に捨てている。だから、ソフィーはそれを使おうと言っているのだ。

「でも、壊れかけとかじゃなくて？」

「流石に騎士が壊れかけまで使うことはないと思う!!」

この街を守る騎士だ。確かにボロボロになるまで剣を使うわけもないだろう。

「ま、まあそれもそっか」

「じゃあ、明日ゴミ捨て場に見に行こっか!!」

「うん!!」

俺とソフィーは家に帰って、明日必要なものをそろえる。

(何が必要かな？)

家中を見回すと、回復ポーションが置いてあった。

「これ、必要だ」

俺は回復ポーションをバッグの中に入れる。その次に乾燥している食料をバッグに入れた。

(後は〜)

物色していると、父さんが話しかけてくる。

「何を探しているんだ？」

「え、えっと。特にかな？」

この時、ゴブリン退治をしに行くなんて言えず、体中から冷や汗が出ていた。

(バレたらどうしよう……)

そう考えていると、父さんはそっぽを向いて言った。

「そうか。まあ必要なものがあったら言うんだよ」

「うん。ありがと」

胸の鼓動が聞こえる。それぐらい緊張が走った。この時も、父さんと目を合わせずにいると、後ろを向いて、この場を去っていった。

(はぁ〜)

バレるかと思った。

(でも、バレなくてよかった)

「これで、明日行ける!!」

危険なことだとはわかっている。だけど、自分の実力を知るいい機会だということに衝動を抑えきれなかった。

（早く明日にならないかな？）

俺はそう思いながら、就寝した。

翌朝、家の前でソフィーと合流して、ゴミ捨て場を目指した。

すると、案の定ゴミ捨て場には剣が捨てられていた。

それを見たソフィーは走り出して、剣を握った。

「レオ、あったよ!!」

「うん」

俺もすぐさま剣を手に取る。

（お、重い）

木刀より重いことは予想していたが、想定以上の重量に驚く。

「じゃあ、行こ～」

「う、うん」

俺はここにきて、少しビビり始めていた。なんせ、今まで持ったことのない剣。それに加えて、初めて行く外の世界。それが一気に襲ってきたのだから。

だが、そんなこととは裏腹にソフィーが先に行ってしまったため、俺も追いかけるように街の出入り口付近に向かった。

そして、柵が見える場所にたどり着いた。

「どうやって外に出ればいいの？」

俺の問いに対して、ソフィーは胸を張りながら言った。

「それは任せて」

そう言いながら、ソフィーは指をさした。俺はそちらに目を向けるが普通の柵しかなかった。

（??）

俺が首を傾げていると、ソフィーが得意げに話す。

「あそこの柵って、小さな穴が開いているんだ。ちょうど私たちぐらいが通れるサイズの」

それを聞いて驚く。

「そ、そうなんだ。でも、なんで開いているの？　普通直さない？」

そう。柵に穴が開いているなんて致命的である。そこからモンスターが入ってきたら街中がパニックになるのだから。

「聞いた話によると、つい最近穴が開いたらしく、来週には直すらしいよ」

「へ～。ちょうどいいタイミングってわけね」

「そういうこと!!」

「でも、よく見つけたね」

ソフィーの情報収集力に感心していると、胸を手で叩《たた》きながら言った。

「任せて。暇だったからいろいろと聞きまわっていたんだ!!」

「あ、そうなんだ」

（暇なら素振りでもしていればいいのに）

俺は心の底で少しだけそう思ってしまった。

「じゃあ、あそこから行こっか」

「うん!!」

そして、俺たちは騎士たちにバレないように柵に近づき、穴を潜《くぐ》って外へ出た。

すると、先程まで感じていた緊張がなくなっていた。

（ここが外か!!）

俺がそう思っていると、ソフィーが両手を上げて言った。

「外に出た～」

「うん!!」

俺たち二人は、近くにある森林を目指して歩き始める。

（すごい）

今まで見たことのない景色で、驚きを隠しきれなかった。そのため、俺はソフィーの手を引っ張りながら言う。

「あそこ綺麗《きれい》だよ!!」

「うん。でもただの森だよ」

「それでもだよ!!」

そっけない反応をされてしまったが、そんなの関係なかった。それぐらい、俺にとって外という場所が偉大であった。

（ここから俺の新しい人生が始まるんだ!!）

この時、俺は勇者物語の主人公と自分を重ね合わせていた。俺も、勇者みたいな冒険をして、見たこともないような景色や仲間を見つけるんだ。そう心を躍らせていた。

その後、ソフィーと雑談をしながらゴブリンが生息していると噂《うわさ》の森林を目指す。

道中、モンスターと遭遇することもなく、難なく森林にたどり着いた。すると、一気に先程までなかった緊張感が襲ってくる。

俺の表情を見たソフィーが尋ねてくる。

「レオ、緊張してる？」

「うん。ちょっとね」

「私も」

その言葉を聞いて、少しだけホッとする。

「でも、大丈夫。私たちならゴブリンなんて余裕だよ!!」

「そうだね」

ソフィーの言う通り、ゴブリンなら大丈夫だと自分に言い聞かせる。

（この三年間の集大成を見るんだ!!）

そう。今まで何もしてこなかったわけじゃない。三年間、ソフィーと一緒に剣術の練習をしてきたし、それなりに実力も付いたはず。

「じゃあ、ゴブリンを探そ～」

「うん」

俺とソフィーは森林の中に入り、ゴブリンを探し始めた。

森林の中は、木の陰によって薄暗くなっていたけど、それ以上に今まで感じたことのない高揚感と緊張感に満ちていた。

（ゴブリンってどんなモンスター何だろう？）

本で絵は見たことがあるけど、実際にどんな姿をしているのかわからない。それに加えて、目つきや大きさ、話し声なども気になってしょうがなかった。

だが、それを考えると、不安もこみ上げてくる。

（いつ遭遇するのか）

毎日のようにソフィーと戦っていたけど、それは攻め込んでくるタイミングなどがわかっていた。だけど、今回はどの場所、どのタイミングで遭遇して戦いが始まるのかわからない。それが、いかに怖いことか徐々に実感してくる。

すると、近くの茂みから物音がした。

「!?」

すぐさま、そちらに剣を向けようとすると、ソフィーに止められる。

「風で草が揺れた音だよ」

「あ、うん」

その言葉に胸を撫《な》で下《お》ろす。それと同時に、自分が思っている以上に緊張していることに気付いた。その姿を見たソフィーが言った。

「やっぱり帰る？」

「だ、大丈夫」

（こんなところで帰るなんて嫌だ）

それに、ソフィーに迷惑をかけたくない。そう思ったため、一旦目を閉じて深呼吸をする。

（すぅ〜。はぁ〜）

「よし」

俺がそう言うと、ソフィーが手を握ってくる。

「大丈夫だよ。二人なら何とかなる」

「うん」

「じゃあ、行こっか」

俺とソフィーは手を握りながら、森林の奥へと進んでいった。

そこから、どれぐらい歩いたかわからない。体感だと三十分ぐらい歩いた感じだが、実際は十分程度なのかもしれない。

そう思っていると、奥にある木の陰から小さな生き物が歩いていた。俺はすぐさまソフィーを見ると、頷《うなず》いた。

二人で、ゆっくりとその生き物を見ていると、本で見た通りのゴブリンが二体歩いていた。背は俺たちと同じぐらいで、武器は持っていなかった。

俺は小声でソフィーに言う。

「あれを倒す?」

「うん。でも、逃げられるルートも考えておこ」

その言葉に頷く。俺たちはゴブリンを倒した後に逃げられる場所を確認してから、徐々に近づいていく。そして、ゴブリンとの距離が十メートルほどになったところで俺が手で先に攻撃をする合図をした。

それに対して、ソフィーは頷いた。

(よし、やるぞ)

俺は一呼吸入れた後、ゴブリンの背後を取って斬りかかった。すると、俺に驚いたゴブリンは逃げ遅れて、一体目のゴブリンの腕を斬り落とした。

(あ、あぁ)

初めて生き物を斬った感触に不気味さを感じた。だが、そんなことをじっくりと考えている余裕はなく、もう一体のゴブリンが俺に殴りかかってくる。

(!?)

とっさに一歩下がったところで、ソフィーが援護に入ってくれて、ゴブリンの片足を斬り落とす。すると、俺と同じような表情をしていた。

そのため、ソフィーに注意を向けさせないように、先程片腕を斬り落としたゴブリンに斬りかかる。

「グギャギャギャギャ」

ゴブリンはなぜか叫び出したため、行動が一歩遅れて足を斬り落とすことができた。

(ここだ)

地面に崩れているゴブリンの首を斬り落とした。すると、地面に大量の血が流れ始めた。

それを見たもう一体のゴブリンが逃げようとした。俺は、地面に落ちている石をゴブリンに投げて、行動を鈍らせる。

その一瞬をソフィーは見逃さず、ゴブリンの首を斬り落とした。

「や、やったね」

「う、うん」

だけど、お互い嬉《うれ》しくはなかった。

(命を奪うってこんな感じなのか)

そう。ここに来るまでは自分たちの実力を測るためだったけど、今は二つの命を自分たちが奪ってしまったという罪悪感がわき上がってくる。

今でもゴブリンの腕と足、首を斬り落としたあの感触が残っている。それが、どれだけ気持ち悪いことか。

それはソフィーも同じだったようだ。なぜなら、ずっと剣を持っている手を見ていたから。

「これからどうする？」

「う、うん。帰ろっか」

「そうだね」

ソフィーの言う通り、今の俺たちがこのまま戦ったところで意味はない。そのため、お互い帰ろうとした。

その時、奥の方から十体ほどのゴブリンが現れる。

その光景を見た俺とソフィーは、戸惑いを隠しきれなかった。

（こんな数、倒せっこない）

さっきのゴブリンを倒すことですら、大変だった。それも、あの時はゴブリンたちの隙をついて倒した。

でも、今は違う。目の前のゴブリンたちの標的は俺たちになっている。それがいかにまずい状況なのかは俺たちですらわかる。

俺はすぐさま剣を構えて、ソフィーのことを見る。だけど、ソフィーは一歩も動くことができなかった。

そこで、本に書かれていた内容を思い出す。

ゴブリンは男を殺し、女は弄ぶ。それは、ソフィーにとっていかにやばいことか。なんせ、俺は殺されてしまえば終わるが、ソフィーは一生生き地獄になるのだから。

（俺がやるしかない）

ソフィーの前に立って、ゴブリンたちと対面する。その時、ゴブリンたちが叫び始めた。

「グギャギャギャギャギャギャギャギャ」

今まで感じたことのない恐怖がこみ上げる。

（この数を倒すことができるのか？）

多分できない。でも、できないからって戦わないわけにはいかない。

俺はゴブリンたちに斬りかかった。

一体目のゴブリンの足を斬り落として、動きを鈍らせる。すると、二体目のゴブリンが俺に殴りかかってきた。

「!!」

俺はとっさにその攻撃を避《よ》けて、腕を斬り落とす。そして、先程攻撃をしたゴブリンの首を斬り落とした。

その時、背中に鈍痛が走る。

「ッ……」

すぐさま後ろを振り向くと、そこにはゴブリンが俺に殴りかかっていた。

殴ってきたゴブリンの首を斬り落としながら、さっきダメージを与えたゴブリンも倒した。

「この!!」

（あと、七体……）

この時点で、すでに今まで使ったことのないほど体力を使っていたため、疲労感に襲われていた。

その後も一体、もう一体と倒していくが、とうとうめまいまでしてきた。そして、俺が倒れかけた時、ゴブリンが俺の頭目掛けて殴りかかってくる。

(や、やばい)

そう思った時、ソフィーが俺の目の前に現れて、ゴブリンを倒した。

「レオ、ごめん」

「い、いいんだ。それよりも早く逃げて」

俺がそう言うと、ソフィーは首を横に振った。

「嫌!!」

「でも、ソフィーは」

俺の言葉をソフィーは理解していた。それでも、戦う姿勢を見せる。

(バカ……)

その後、俺も今出せる全力を使い、ソフィーと一緒にゴブリンを倒していく。そして、やっと十体のゴブリンを倒しきった。

俺はすぐさま、バッグに入れてきた回復ポーションを飲む。すると、先程までのめまいなどがなくなっていった。

「お、終わったんだよね?」

「多分」

俺とソフィーはホッとしながら、地面に座り込む。

「私たち、強くなっているよね」

「あぁ」

でも、ぶっちゃけそんなこと関係ない。今は、ソフィーが無事でよかったという気持ちでいっぱいであった。

「今度こそ帰ろうか」

「うん」

俺とソフィーはすぐさま、この場を後にする。

そして、森林を出ようとした時、目の前にホブゴブリンが現れた。

「な、なんで……」

俺は足がすくんだ。先程のゴブリンたちとは格が違う。直感でわかった。それは、ソフィーも同じだったようで、体が震えていた。

(もう、戦えない)

すでに俺の体は悲鳴を上げていて、ホブゴブリンと戦う余裕なんてなかった。それに、もし十分な体力があったとしても、ホブゴブリンを倒せるとは思えなかった。

俺はソフィーの手を握る。すると、ソフィーが謝ってくる。

「レオ、ごめん。私が力試しなんてしようって言ったから」

「ううん。謝らないで。俺も行きたかったから」

お互い、目を閉じて殺されるのを待っていると、ホブゴブリンが叫びだした。

「ウギャ〜〜〜〜」

俺たちは目の前のホブゴブリンを見ると、そこには男性の冒険者が戦っていた。

（誰だ？）

そう思っていると、冒険者がホブゴブリンを圧倒して、瞬時に倒してしまった。

「君たち大丈夫？」

その言葉に、俺とソフィーは泣き出してしまう。すると、冒険者は俺たちを見守りながら泣きやむのを待ってくれる。

そこから数分程経って、泣きやんだ俺たちはお礼を言う。

「助けてくれて、ありがとうございます」

「ありがとうございます」

「いいんだ。それが俺たちの仕事だから。それよりも、君たちはどこから来たの？」

その言葉に俺は街の方を指す。

「あそこね。送ってあげるよ」

こうして、俺とソフィーの初めての冒険は幕を下ろした。

実家に帰ると、俺とソフィーは両親に激怒されたが、それと同時に涙を流しながら「無事でよかった」と言われた。

そして、次の日に俺とソフィーは助けてくれた冒険者に改めてお礼を言おうとしたが、すでにこの街から去っていた。そこで、俺がソフィーに言う。

「あの人、かっこよかったね」

「うん」

「俺もあの人みたいになりたい」

「私も」

「じゃあ、お互い頑張ろう」

「うん!!」

こうして、俺たちはゴブリンとの戦いを糧に頑張った。それに加えて、ホブゴブリンを倒してくれた冒険者の戦闘を忘れないようにした。

(俺もあの人みたいになる)

そう心に誓った。


そこから数年が経ち、俺とソフィーは別々のパーティで冒険者としてやっていくが、ロイドに追放されてソフィーたちと仲間になるのはそう遠い話ではなかった。

書き下ろしエピソード　シャーロットとレオンの過去

シャーロットと初めて会ったのは、俺がまだロイドたちと冒険をしていた時だ。

あの時はまだ、Sランクパーティにはなっておらず、Aランクパーティの中でも、期待の新星として指名依頼をされた。

この依頼が来た時、俺も含めてみんなが喜んでいた。なんせ、竜人国から直属に依頼をされたのだから。

Aランクパーティに昇格したばかりだった俺たちが、熟練のパーティを差し置いて指名される。つまりそれは、竜人族《ドラゴニュート》と人国に俺たちが認められたということ。それが、どれだけすごいことなのか考えるまでもない。

すると、ロイドが手を挙げながら言う。

「俺たちはこれからもっと名声を上げる!!」

「あぁ」

「そうだな」

「うん」

俺たちはロイドに続けて声を出して、手を挙げた。

この後、すぐに王宮に向かった。

そして王室の中に入ると、そこには俺たちと同年代の女性が立っていた。

（綺麗《きれい》だな）

初めてシャーロット様を見た時、そう思った。

俺たちが見惚《みと》れて立っていると、国王から俺たちの紹介がされる。その後、依頼主であるシャーロット様が自己紹介を済ませた。

そして、国王から依頼内容を伝えられる。

「今回の依頼は、ここにいるシャーロット様の護衛だ。頼むぞ」

「「「はい」」」

「じゃあ、細かい内容は依頼主から聞いてくれ」

すると、シャーロット様がこちらへ近寄ってきて言った。

「場所を移して説明します」

その言葉に、俺たちは頷《うなず》いて移動した。

王宮内にある来賓室に入ると、シャーロット様が話し始めた。

「今回の依頼内容は、人国付近にある祠《ほこら》の探索です」

「祠ですか？」

ロイドが首を傾《かし》げながら尋ねる。

「はい。内容は詳しく教えることはできませんが、祠に用があるのです」

その返答にロイドを含め、全員が何とも言えない表情をしていた。

(まあ、そうだよな)

なんせ、俺だってこの返答だけなら納得いかない。

そりゃあ、シャーロット様にだって言えないことはあると思うけど、こちらも何の目的で祠に行くのか護衛のためにも知りたい。

だけど、シャーロット様は竜人国の第四王女で、こちらはAランクパーティである。身分が違う状況で、深く追及することはできなかった。

こんな状況下で、俺たちはシャーロット様から護衛の日程を伝えられた。

(出発は明後日か……)

俺がそう思っていると、依頼内容を話し始めた。

まず、この周辺には高ランクのモンスターは出現しない。

それは当たり前のことである。もし、この辺りで高ランクモンスターが現れたら、住民が危険にさらされてしまう。

だから、国周辺は徹底的に警備が強化されている。そのため、今は国周辺には高ランクモンスターがいない状況になっている。

だけどシャーロット様の話によると、祠付近にはBランクやAランクモンスターが出没するらしい。

その言葉に、驚きを隠しきれなかった。

（なんでだ？）

俺が首を傾げていると、シャーロット様と目が合う。

「疑問に思いますよね。ですが、私も確かな情報は持っていないので」

「そ、そうですか」

その後、淡々とシャーロット様は説明を続けて、打ち合わせが終わった。

俺たちが王宮を出る時、祠のことを考えてしまう。

（何があるんだ？）

そう心のモヤモヤを残しながら、その日はロイドたちと別れた。

翌日には、武器の整備や必需品のアイテムをそろえて、当日を迎えた。

まずは、ロイドたちと合流してからシャーロット様と会った。

（ふぅ～。はぁ～）

緊張を紛らわせるために、深呼吸をする。

（この依頼をミスすることは絶対に許されない）

今回の依頼は、王女の護衛である。それをミスすることになれば、俺たちの信頼が落ちる以前に、国家間の問題になる。

だから、今回の依頼をミスすることは絶対に許されない。

そう思っていると、シャーロット様が言った。

「今日はよろしくお願いします」

「「「よろしくお願いいたします」」」

その言葉に、シャーロット様は頷く。

「では、行きましょうか」

「「「はい」」」

こうして、俺たちとシャーロット様は祠を目指した。

祠は、ここから数時間程の場所にあるらしい。

だけど、未《いま》だに一昨日シャーロット様から聞いた話が信じられなかった。なんせ、高ランクモンスターが生息しているのは、森林や峠の最深部にいるのが当たり前だ。

それなのに、王宮から数時間程でたどり着く場所に高ランクモンスターが出没するだなんて、考えられなかった。

案の定、道中では低ランクモンスターとしか遭遇しなかったので、難なく祠へ向かうことができた。

そうこうしていると、あっという間に祠がある森にたどり着いた。

すると、ロイドが言った。

「こんな場所があるなんて知らなかった」

その言葉に、俺や他のみんなも頷いた。

ロイドの言う通り、こんなに薄気味悪い場所があるなんて知りもしなかった。

（それに、なんだこの霧……）

先ほどまで快晴であったのに、急に霧が濃くなってきた。

俺たちが警戒していると、シャーロット様が言う。

「ここから一時間もかからないで祠に着くと思います」

「わ、わかりました」

シャーロット様の言う通りに、俺たちは祠を目指した。

歩き始めて十分ほど経《た》つと、辺り一帯は霧で覆われてしまった。

（本当にここはなんなんだ？）

今まで、こんなことを体験したことがなかった。この森に入ってから、霧が濃くなり始めて、あっという間に辺り一面が霧になる。

（はっきり言って、異常だ）

そう思いながらも、シャーロット様やロイドたちを見失わないように後をついていった。

そこから、一キロも歩かないうちに、左側から殺気を感じた。

（なんだ!?）

瞬時に剣を構えると、ロイドたちも一歩遅れて戦闘態勢に入った。

「どうした？」

「あっちの方から殺気を感じる」

「わ、わかった」

俺はシャーロット様の前に立って、守るように陣形を取る。

俺の行動を確認したロイドたちは、殺気のした方向に警戒しながら歩み寄ると、そこからケルベロスが現れた。

目の前のモンスターに俺たちは驚きを隠しきれない。

（なんでこんなところにいるんだ……）

ケルベロスは、Bランクに属するモンスターであり、群れになるとAランクに指定されるぐらい強力なモンスター。

それが、森に入ってからそう時間が経たないうちに遭遇するなんて……。

そう思っていると、ケルベロスが俺たちに飛び掛かってきた。

（!!）

とっさにシャーロット様の腕を掴《つか》んで避《よ》ける。それと同時にロイドたちも左右に散った。

すると、シャーロット様はケルベロスを見ながら怯《おび》えていた。

「あ、ありがとうございました」

「いえ」

ロイドの方を見ると、手でケルベロスの方を指して、合図を出した。

最初に動いたのはイワルであった。徐々に近づいていくと、ケルベロスが後退していった。それを確認したサルットは、リーチのある武器を活《い》かして、ケルベロスの前足を突き刺した。

すると、ケルベロスの足から血が噴き出す。

「今だ」

ロイドがそう言って、ケルベロスに斬りかかった。だが、首を斬り落とすことができず、後ろ足を斬り落とした。

それを見たロイドたちは、一瞬気が緩んだ。

ケルベロスはこの一瞬を逃さず、俺とシャーロット様に飛び掛かってくる。この時、シャーロット様はケルベロスに怯えて一歩も動くことができなかった。

（ここで倒さなくて、何が護衛だ!!）

ケルベロスが着地する場所を予測して、一歩下がる。そして、着地した瞬間を狙って、首を斬り落とした。

すぐさまシャーロット様のところへ戻り謝る。

「申し訳ございません」

「え？」

「できれば危険な目に合わせたくなかった。それが護衛の仕事だから。でも今回、危険な目に合わせてしまったので」

そう。護衛は、依頼主の命を守ること。もっと言えば、安心させるためである。それなのに、今回は危ない状況に遭わせてしまった。

一番最悪な事態は、依頼主が死んでしまうこと。その次に最悪なことは、護衛する側に死人が出ること。

そして、三番目に最悪な事態は依頼主を危ない状況に陥らせてしまうことだ。だから今回の一件について、謝った。

するとシャーロット様は両手を横に振って言う。

「謝らないでください。助けてもらった身なので」

「い、いえ。そういうわけにも」

俺がそう言うと、シャーロット様が笑いながら言う。

「じゃあ、次も私を守ってください。私は命さえ落とさなければいいと思っているので。なので、謝るのはなしです!!」

「あ、わかりました」

その後、すぐにロイドたちが俺たちのもとへ駆け寄ってきて頭を下げる。

「本当に申し訳ございません」

「いえ、気にしないでください」

「そう言ってもらえると助かります」

「はい」

すると、ロイドが俺の方を向いてきた。

「まあ及第点だな」

「……」

(なんだよそれ)

意味がわからない。お前たちが倒してもいないのに、油断したからこんな事態が起きたんじゃないのか。それなのに、何が及第点だ。

（はぁ……）

心の中で、ため息をつきながらも祠を目指して再び歩き始める。

あの後、ケルベロスみたいなモンスターと出会うことはなく、低級モンスターと何度か戦った。だけど、流石《さすが》に低級モンスターに苦戦するはずもなく順調に先へ進むことができた。

そして、ある場所にたどり着いた時、シャーロット様が指を指して言った。

「ここが祠です」

「ここが？」

その言葉に首を傾げた。

（どこに祠があるんだ？）

そう。シャーロット様が指を指した方向には、祠らしきものは見当たらなかった。

「ついてきてください」

俺たちはシャーロット様に言われるままついていくと、ある場所に小さな祠を見つけることができた。それを見た俺は、少しゾッとした。

（これが祠……）

生まれて初めて見た。特に作りが突出しているわけではないが、祠から何かものすごい雰囲気を感じる。

その時、ロイドがシャーロット様に尋ねる。

「えっと、これには何か意味があるのでしょうか？」

「特に何もありませんよ」

「え？」

その言葉に俺たちは茫然《ぼうぜん》としてしまう。

（祠には何の意味がない？）

その後、すぐにロイドが声を少し上げる。

「じゃあ、なんで俺たちはここまで来たんですか!!」

ロイドの言う通りだ。俺たちはなんで危険な目に遭ってまで、こんな場所に来たんだよ。ケルベロスと戦うことになったり、それ以外にもモンスターと戦った。それなのに結果、何もありませんって。納得できるわけがない。

だけど、俺は首を横に振って、冷静に考えるように心がけた。

「すぅ、はぁ」

一呼吸入れて、今までのことを考える。

（シャーロット様は何の意味もない祠へ行きたいと言った？）

本当に何の意味もないのか。いや、そんなはずはない。なんせ、今までのことを考えてみればわかること。

まず、この周辺だけ霧が濃くなっていること。それに加えて、予想外の場所にケルベロスがいたこと。それがまずおかしい。

そして、一番は祠の雰囲気だ。今まで感じたこともないようなものを感じた。

なら、何もないわけではなくて、今は何もないだけなのではと思った。

そう思って俺はロイドを止めに入る。

「ロイド。俺たちの目的はシャーロット様の護衛であって、内容まで首を突っ込むのは良くない」

「は？　ならお前は納得できるのかよ」

その問いに、一瞬黙り込んでしまう。

「……。別に納得する必要はないと思っている」

「お前はそうでも、俺は納得できねぇ」

俺はため息をつく。

(これは言いたくなかったんだけどなぁ)

「今回の依頼を忘れたか？　国王直々の依頼だ。それも相手は竜人族の王女様。今、ロイドがやっていることは無礼なことなんじゃないか？」

その言葉にロイドはビクッとした。

「ど、どこが無礼なんだよ」

「護衛する相手の目的を詮索すること。それはマナー違反だろ。今までの依頼主は教えてくれる人もいたが、言いたくないことだってある。ロイドだってあるだろ」

今までの護衛する相手は、目的を教えてくれたが、教えてくれない人もいるに決まっている。それに、内容を詮索するのは良くない。

誰にだって、言いたくないことはある。俺にだってあるし、ロイドにだってあるに決まっている。それが今回当てはまるのがシャーロット様。いや竜人族ってわけ。

この件を深く知りすぎてしまうと、今後両国でいい関係が築けないかもしれない。だけど、それだけはなってはいけない。

もし、そうなってしまったら最悪の場合、戦争が起きるかもしれない。そうじゃなくても、俺たちの信用度が落ちるのは目に見えている。

なら、今回は今までのように軽い気持ちで詮索するのは得策だとは思えない。

「クソ」

ロイドは悪態をつきながら、そっぽを向いた。

すると、シャーロット様がこちらを見て会釈をしてくる。

「私はこれから祠の掃除をするので、皆さんは休んでいてください」

言葉通り、ロイドたちは祠から少し離れた場所に移動して、休憩を取り始めた。その光景を見て、少し驚く。

(いやいや、離れすぎだろ)

普通の場所なら今のロイドたちぐらい離れていても問題はない。だけど、この場所は霧が濃くなっていて護衛するのも難しくなっている。

それなのに、今まで通り離れるのはどうなのかと思った。そのため、俺はシャーロット様の近くで見守る。

するとシャーロット様は俺の事を見ながら言った。

「レオンさんも休んでいいですよ？」

「いえ、護衛が完了するまでは近くにいますよ。それに、霧で視界が悪いですし」

「でも、休まなくちゃ……」

「では、シャーロット様がどのように祠を掃除するのか見てていいですか？　それだけでも、休憩にはなるので」

別に、地面に座って休むことだけが休憩ではない。何かを眺めていたり、ボーっとしていることも休憩になる。

俺がそう思っていると、シャーロット様が微笑《ほほえ》んできた。

「本当に優しいのですね」

「そうですか？　普通だと思いますけど。それに俺は休憩を取っているだけですので」

俺の言葉に笑みを浮かべながら祠を掃除し始めた。

その光景を見ていて、少し思う。

(本当にこの祠はなんの意味があるのだろう？)

はっきり言って、この雰囲気。何もないと言われる方が不自然に感じる。

(う～ん)

首を傾げながら、シャーロット様のことを見ていると、問いかけてきた。

「祠のことが気になりますか？」

「……。はい」

「この祠は、私たち一族の先祖が作ったものとされていて、私も詳しくはわからないのです。ですが、この場所は代々管理して綺麗にしておかなくてはいけないという言い伝えがあるのですよ」

「そうなのですね」

（じゃあ、やっぱり何かがあるんだな）

この言葉だけでも、何か意味があるってわかる。そうでもなければ、王族である人がこんな場所に来るわけがない。別に、掃除するだけなら竜人族の人なら誰でもいいのだから。

「はい」

その後、シャーロット様は黙々と祠を掃除していき、十分も経たないうちに綺麗になった。

しゃがみ込んでいたシャーロット様が立ち上がり、頭を下げてきた。

「ありがとうございます」

「え、お礼を言われるようなことはしていませんよ？」

俺はこの場所で、シャーロット様の行動を見ていただけ。それも、俺が興味があったから見ていたのだ。お礼を言われる筋合いはない。

「レオンさんがいなかったら、安心して掃除をすることができませんでした」

「買《か》い被《かぶ》りですよ」

すると、シャーロット様は笑顔でこちらを見てきた。

（でも、本当にそうならよかった）

こんな場所まで来て、安心して目的を達成することができなかったら、悔いが残るに決まっている。俺なら悔いが残る。

「では、戻りましょうか」

「はい」

俺とシャーロット様はロイドたちのもとへ行って、祠を後にした。

案の定、帰りの道中でも低級モンスターと出くわしたが、難なく倒して森の入り口付近まで戻ることができた。

その時、俺やロイドたち全員が異変を察知する。

（なんだ……）

あたり一帯から殺気を感じる。

ロイドは俺たちに合図を出して、剣を抜いた。

すると、辺り一帯からケルベロスが現れる。

（この数やばい……）

さっきケルベロスと戦った時は一体であったからそこまで苦戦することはなかった。だが、今回は違う。目の前には五体のケルベロスがいる。

それは、いわばAランクモンスターと対面していることと同じである。

（クソ。なんでこんな時に……）

あと少しで無事に帰れると思っていた。それなのになんで。

俺がそう思った時、近くにケルベロスの死体が見えた。

「これって……」

死体を凝視すると、祠に向かう途中で倒したケルベロだった。

（もしかして、こいつらはさっき戦ったケルベロス仲間か）

だとすると、少し納得できる。こいつらも、仲間意識があって、かたき討ちに来たと思えた。

「ロイド。どうする？」

「どうするって、倒すしかないだろ」

「でも、五体って無茶《むちゃ》だろ」

普段なら、倒すことはできるだろう。でも、今回は護衛対象のシャーロット様がいる。

俺たちの目的はシャーロット様を無事に帰すこと。

だけど、そんな状況で五体のケルベロスと戦うことが、どれだけ難しいことかわからないわけがない。

「じゃあ、逃げるのか？　逃げて帰ったら俺たちの評判が落ちるぞ」

「は？」

（今はそんなこと言っている場合じゃないだろ!!）

「俺は戦うぞ。レオンはシャーロット様の護衛をしていろ。命を懸けてでも守れ」

「……。わかった」

流石に俺一人でシャーロット様を守り切れるわけもない。それに、ロイドたちを見捨てて帰るなんてことはできなかった。

そのため、シャーロット様に謝る。

「申し訳ございません。ケルベロスと戦うことにしました」

「わ、わかりました」

「俺から離れないでください」

「はい」

俺がシャーロット様の前に立ったのと同時に、ロイドたちとケルベロスの戦いが始まった。

案の定、イワルがケルベロスのヘイトをためて、ロイドとサルットがケルベロスに着実にダメージを与えていった。

だが、それもすぐに拮抗《きっこう》が崩れた。まずは、イワルがケルベロスの攻撃に耐え切れず、徐々に押され始めていった。

すると、ロイドやサルットの攻撃も当たらなくなっていき、最終的には数の有利が働いていった。

(俺も助けに行くか？)

いや、でもロイドたちを助けに行ったら確実にシャーロット様が危険にさらされる。もし、ケルベロスを倒しきったとしても、低級モンスターが現れるかもしれない。

そうなったら、俺たち護衛の意味がなくなる。
(クソ)

そう思いながらも、ロイドたちの戦いを見ていると、ケルベロスが口から火の息を放とうとしていた。

「魔法無効化《キャンセリング》」

俺はすぐさまそれを無効化すると、ケルベロスたちは何が起こったかわからないようで戸惑っていた。それをロイドたちが見逃すはずもなく、一気に三体を倒した。

流石に数の有利もなくなったロイドたちが負けるはずもなく、着実に一体ずつ倒してこの戦いが終わった。

その時、シャーロット様は驚いた表情をしながら俺を見てきた。

「レオンさん……」

「??」

「い、いえ。なんでもありません」

「そうですか」

(何だったんだろう?)

俺がそう思っていると、ロイドたちが達成感に満《み》ち溢《あふ》れた様子でこちらに戻ってきて、この場を後にした。

この後は、特に何も起こらないまま、護衛任務が終わった。

国に戻ると、シャーロット様からお礼を言われて、王宮へと向かった。

王室に入り、シャーロット様が国王に今回の一件を報告する。

「よくやってくれた」

「「「はい」」」

その後、シャーロット様と国王が何かを話して今回の依頼が終わった。

そして、俺たちが王室を後にしようとした時、シャーロット様がこちらへ駆け寄ってきて、耳元で言ってくる。

「次も依頼しますからね」

「は、はい」

「本当に今回はありがとうございました」

「いえ」

俺が王室を出るまで、シャーロット様はずっと微笑んでこちらを見ていた。

（本当に次はあるのかな？）

そう思いながらも、俺はロイドたちと次の冒険に向かった。

書き下ろしエピソード　シャーロットとソフィア、レオンの日常

あるオフ日、俺とソフィーとシャーロットの三人でお出かけをすることになった。

身支度をして、二人との待ち合わせ場所に向かう。

（変な恰好《かっこう》じゃないよな？）

自分の体を見回しながら、おかしな点がないか確認をする。

（別にいつも会っているからオシャレとかする意味はないんだけど）

そう。毎日のようにソフィーやシャーロットと会っているんだから、今更オシャレをする意味なんてないと思う。

だけど、心のどこかで少しでもカッコイイ姿を見せたいと思う俺がいた。

（まあ、まあおかしなところはないな）

自分に言い聞かせて、二人のことを待つ。

それから、十分ほど経《た》ったところで二人が俺のところへ駆け寄ってきた。

（!?）

ソフィーとシャーロットの姿を見て、硬直してしまう。

「「お待たせ!!」」

「う、うん」

毎日会っているから、特に何とも感じないと思っていた。だけど今、俺は二人の姿にドキドキしている。

ソフィーはフリルトリムを着ていて、いつも以上に可愛《かわい》い。そして、シャーロットは、肩が少し出ている黒い服を着ていて、今まで以上に綺麗《きれい》だった。

俺が二人のことを凝視していると、ソフィーとシャーロットは少し顔を赤らめながら言ってきた。

「その。なんか言ってよ」

「うん。なんか言って」

「あ、ごめん。二人とも可愛い」

俺がそう言うと、ソフィーとシャーロットは満面の笑みになり、何か二人で話し始める。その会話を聞き取ることができず、首を傾《かし》げる。

(何を話しているんだろう?)

「レオ、今日はピクニックに行くんだからね!!」

「わかってるよ」

流石《さすが》に忘れるはずがない。何度もソフィーとシャーロットに念を押されていたのだから。

「じゃあ行こっか」

「そうね」

「ちょ、ちょっと待って」

俺は二人を止める。すると、キョトンとした表情でこちらを見てくる。

「行くってどこに行くの？」

二人に尋ねると、ソフィーとシャーロットは少しため息をつく。

「ピクニックに行くって言ったら決まってるじゃん!!」

「そうね。行く場所は決まっているんじゃない？」

「え？」

(行く場所が決まっている？)

いやいや、普通わからないって。ピクニックに行くって言われて、行く場所がわかる奴《やつ》なんてそうそういないと思うぞ。

俺が首を傾げていると、ソフィーは両手を腰に当てながら言った。

「だ〜か〜ら。ピクニックに行くって言ったら、草原に決まっているじゃない!!」

「そうよ!!　こんな街中で食べたっておいしくないじゃない!!」

「そ、そうだね」

二人の圧に押され負けてしまう。

(でも、流石にわからないって……)

「じゃあ、行こ!!」

「うん!!」

ソフィーとシャーロットに手を引っ張られながら、俺たちは草原に向かった。

国を出る時、警備の方たちに微笑《ほほえ》まれたのはここだけの話。この時、俺はものすごく恥ずかしかった。

そして、国を出てから三十分ぐらいで、辺り一帯が見渡せる綺麗な草原にたどり着いた。

「ここがソフィーとシャーロットが言っていた場所？」

俺がそう尋ねると、二人は満面の笑みで頷《うなず》いた。

「うん!!」

「そう!!」

「二人の言う通り、ここでご飯を食べたらいつもより美味《おい》しく感じそうだね」

いつもの場所で食べるより、何倍も美味しく感じるだろうなと予想ができた。それぐらい、今いる場所の景色が素晴らしかった。

「でしょ!!　探すの大変だったんだからね」

「そうそう!!」

「あ、ありがとう」

その後、三人でご飯を食べる準備を始める。まずは、地面に座れるようにシートを敷いた。

(あ、そういえば、ご飯ってどうするんだろう？)

ま、まあ現地調達すればいいのかな。

俺はそう思いながら、火を熾《お》こそうとすると、シャーロットに止められる。

「火はいらないよ」

「え？　でも、料理はどうするの？」

俺の問いに、シャーロットは胸を張って言った。

「大丈夫!!　見てて」

シャーロットはバッグの中から小さな魔石を出した。そして、それを叩《たた》き割《わ》ると、そこからバスケットが現れた。

（な、なんだこれ!?）

目の前で起きた光景に驚いた。なにせ、何もないところから、バスケットが現れたのだから。

「この中に食べ物が入っているよ」

「す、すごいね。どうやったの？」

すると、少しだけむすーっとした表情をした。

「そっち？」

「あ、ごめん」

「ま、まあいいけどね」

そう言った後、シャーロットはもう一つ魔石を出してきた。

「これは、収納石って言ってね、一回しか使えないけどある程度の大きさまで、この石の中に入れておけるんだ」

「へ、へぇ」

（そんなものがあったんだ）

シャーロットの持っている収納石をまじまじと見ていると、地面に叩きつけた。すると、そこから飲み物が現れた。

（すご!!）

やっぱり、何度見ても驚くなぁ。

そう感心していると、シャーロットが手を引っ張ってくる。

「じゃあ、三人でご飯にしよっか」

「そうだね」

この後、すぐにソフィーもこちらへ駆け寄ってきて、三人で昼食をとり始めた。

「開けてもいい？」

俺の問いに、二人は頷いた。

「じゃあ……」

ゆっくりと、バスケットを開けると、中にはサンドイッチや野菜、その他、彩りが良いように食べ物が入っていた。

「美味しそう」

ボソッと呟《つぶや》くと、二人はガッツポーズをしていた。

「これって、どうしたの？」

「私たちが作ったんだ!!」

「え、そうなの!?」

「「うん!!」」

その言葉に驚きを隠しきれなかった。だって、今回のために料理を作ってきてくれるなんて思ってもいなかったから。

すると、ソフィーが尋ねてくる。

「レオは何から食べたい？」

「う～ん。二人のオススメとかある？」

「「これとかオススメ!!」」

ソフィーとシャーロットは卵を挟んだサンドイッチを指してきた。

「じゃあ、それを食べようかな」

二人にオススメされたサンドイッチを手に取り、口に運ぶ。

「お、美味しい!!」

(なんだこの旨《うま》さ!!)

今まで食べたことのないような味。それに加えて、ふわふわとした食感。何もかもが新鮮であり、美味しく感じた。

「「やった!!」」

二人は手を合わせながら、喜んでいた。

だけど、俺はそんな二人の様子を見つつも、サンドイッチに夢中になっていた。

なので、バスケットの中に入っているサンドイッチや野菜などを次々に頬張《ほおば》っていく。

(これなら、二人ともお店を開けるんじゃないか？)

そう思えるほど、美味しかった。

そう考えていると、二人はじっと俺のことを見ていた。

「二人とも食べないの？」

「た、食べるよ!!」

「食べる食べる!!」

ソフィーとシャーロットもそう言った後、すぐさまサンドイッチを手に取って、食べ始めた。

俺は二人が食べるのを見て、空を見上げた。

(こんな日もあってもいいな)

今までの人生、モンスターと戦ったりしていて、今日みたいにのんびりできる日があまりなかった。だからこそ、今日の休暇が身に染みた。

すると、シャーロットが俺のことを見ながら言った。

「よかった」

「え？」

その言葉に首を傾げる。

(よかったって何が？)

「ここ最近のレオン、疲れているみたいだったから」

「そ、そうだったかな？」

「うん。ロイドたちの一件や、モンスターとの戦闘。多分だけど、それらが心身ともに疲れが重なっていたんじゃないかな？」

「……」

（そうなのかな？）

でも、シャーロットの言う通りなのかもしれない。やっぱり、ロイドたちに追放されたことが精神的にきていたのはあった。

それに加えて、ここ最近、仲間になって気を使ったことやその仲間たちと戦ったことで疲れていたと思う。

「そうだよ!!　レオは少し無理をしすぎだと思う」

「そうかもね。本当にありがと」

二人に頭を下げてお礼を言う。

すると、ソフィーとシャーロットはあたふたし始めた。

「わ、私たちも遊びたいと思っていたし!!」

「うん。これからも今日みたいな日があってもいいのかも」

「あぁ」

（本当にありがとう）

心の底から二人にお礼を言う。

俺は、二人に支えてもらってばかりだな。あの時ソフィーと出会わなかったら、ロイドたちからの一件から、立ち直れなかったかもしれない。

シャーロットと出会わなかったら、自分と向き合うことができなかったかもしれない。

そう思うと、二人には感謝してもしきれない。

その後も、三人で雑談をしていると、シャーロットが質問をしてくる。

「そういえば、二人の出会いってどういう形なの？」

「えっとね～」

ソフィーは俺の方を向きながら、今までの出会いを話し始めた。

その話を聞いたシャーロットは笑顔で言う。

「いいなぁ」

「そ、そう？」

「うん。私は幼馴染《おさななじみ》がいないから、二人みたいな関係が羨ましい」

「そっか」

でも、そうだよな。シャーロットは王女様であって、俺たちみたいに気軽に友達を作れるような身分ではない。

それに、身分が高いということは、それに見合った身分の人としか付き合うことができない。だからこそ、幼馴染という存在がいないのだと思った。

「でも、幼馴染も良いけど、私たちは親友じゃない!!」

「え？」

「だって、お互い気を遣わず話すことができる。戦闘をする時も連携がうまくとれる。そんなのもう親友だよ!!」

ソフィーの言葉に、シャーロットは嬉《うれ》しそうな表情をした。

「あ、ありがと」

「お礼なんて言われる意味がわからないよ!!　ね、レオ」

「あぁ」

その通りだ。こんなことでお礼を言われる筋合いなんてない。

「うん!!」

「それよりも、シャーロットとレオの出会いはどんな形なの？」

「私たちは～」

シャーロットが俺との出会いを話し始めると、ソフィーは納得した表情をした。

「そういえば、銀色の風に依頼をしてきた時も、チラッと言っていたよね」

「うん。だから、ロイドのことはあまり好きじゃないけど、私たちの出会いのきっかけはあのパーティがあったからこそだから、感謝はしている!!」

「その祠《ほこら》っていうのは、今は掃除しなくていいの？」

「祠は数十年に一度掃除をすればいいから」

その言葉に驚く。

「え？　じゃあ、俺が行ったのは数十年に一度の掃除だったってこと!?」

「うん!!」

「てっきり、一年に一回ぐらい行っているのかと思っていた」

「違う違う!!」

(そんな周期が長いのか)

　でも、そうならあの時に同行できたのは幸運だったのかなと思えた。だって、祠なんて見たことがなかったし、竜人族《ドラゴニュート》が管理している場所を見られるなんて、貴重な体験だ。

「レオは祠を見てどう感じたの？」

「俺は、今まで経験したことのないような雰囲気を感じたよ」

　今でも忘れることができない。あの時、祠を見た時から何かものすごい雰囲気を感じた。それは、今でも思い出せるほどに。

「へ〜。私も行ってみたいな」

「機会があれば、みんなで行こ!!」

　その言葉に、俺とソフィーは驚く。

「いいの!?」

「別に何度行ったからって怒られることじゃないし。それに、あの場所を綺麗にしてあげることは大切なことだからね」

「じゃあ、みんなでゆっくりできる時に行こうね。絶対だよ!?」

「うん!!」

すると、ソフィーが俺の方を向いてくる。

「レオも楽しみだよね」

「あ、あぁ」

まあ、あの時から祠の今がどうなっているのか気になる。それに祠付近の探索も、もっとしてみたいしな。

「それにしても、二人もよくゴブリン退治に行こうと思ったね。私なら無理だよ」

「私だって、一人じゃ行けなかったよ」

「俺も」

流石に子供一人でモンスターと戦いに行くのは無理に決まっている。今ですら、一人で中級モンスターと戦うことを躊躇《ちゅうちょ》してしまうのだから。

「二人でも、子供の頃の私なら怖いなぁ」

「あはは。あの頃は根拠のない自信があったからね」

「そうだな」

「へ～。どんな自信？」

（どんなって……）

「同年代や同じ実力帯にならなら負けない自信？」

俺は首を傾げながらそう呟くと、ソフィーも頷いた。

「そうそう!!　そんな感じ」

「私はやっぱり、そんな自信持てないなぁ」

「俺もだよ。子供だったからこそ持てていただけでさ」

「そうそう」

そう考えると、子供って怖いなと思う。自分の実力もわかってないのに、すぐ行動に移してしまうのだから。

「ま、まあ今の俺たちはそんなことないんだからいいんじゃない？」

「そうね」

流石に今も根拠のない自信があったら、やばい。

「子供の頃に二人と会いたかったな。私もいろいろと冒険できたのかも」

「私も会ってみたかった!!」

(子供の頃のシャーロットか)

俺も、ちょっと会ってみたかったかも。でも、予想できちゃうな。日々、真面目に過ごしていたんだろう。

その後も、三人で雑談をしていると、昼食を終えてしまった。

「帰ろっか」

「「うん」」

そして、日も落ちかけていたため、三人で国に戻ることにした。

国に帰ると、いつも通りジャックとミルシェと共に、話し始める。

「今日は楽しかった？」

「そうだ!!　楽しかったか？」

「あぁ」

「「うん」」

(本当に楽しかった)

おいしい料理や昔の話。今までやれなかったことができて、新鮮であった。

「それならよかったわ」

「あぁ」

「そういえば、二人は何をしていたの？」

「あ～。まあそれは秘密だ」

「そうね」

その言葉に俺たち三人は首を傾げる。

(秘密って……)

二人は何をしていたんだろう。

でも、詮索するのもよくないか。そう思ったため、全員のことを見ながらぼーっとしていると、
ミルシェが言った。

「それよりも、明日からまた冒険に出るんだから、話し合いましょ」

「そうだな」

「うん」

「えぇ」

「おう」

全員で、笑みを浮かべながら、次の冒険の話し合いを始めた。

外れスキル

キャンセリング

実は規格外の魔剣士

～魔法無効化する力で
幼馴染パーティと
世界最強を目指す～

あとがき

皆様、初めましての方は初めまして、お久しぶりの方はお久しぶりです。

煙雨と申します。

この度は書籍をご購入していただき、誠にありがとうございました。

少し話は変わりますが、本作は私の作品として四シリーズ目になります。ここまでくることができ驚きを隠しきれません。それも、読者の皆様のおかげです。

今作は、【小説家になろう】にて掲載していたものを書籍化した作品となっております。このように、書籍として発売できたことは、応援していただいた読者様のおかげです。誠にありがとうございました。

今作を作ろうと思ったきっかけは、一人の力だけでは限界があり、仲間と共に協力することによって、力を最大限発揮するというのを書いていきたいと思い、本作ができました。

皆様は、どう感じていただけましたでしょうか？　少しでも面白いと思っていただけましたら、幸いです。

さて、話は変わりますが本作のイラストを担当してくださったをん様。とても素晴らしいイラストを描いていただき誠にありがとうございました。主人公のレオンはかっこよく、ヒロインのソフィアやシャーロットはものすごく可愛く書いていただき、届くのがものすごく楽しみになっておりました!!

次に、担当編集のT様。様々なアドバイスをいただいて、素晴らしい作品になることができました。誠にありがとうございます。

その他にも本作に関わっていただいた皆様、誠にありがとうございました。

そして、読者の皆様。最後まで読んでいただいてありがとうございます。今後も応援していただけると幸いです。

最後に、本作は秋田書店の「どこでもヤングチャンピオン」にてコミカライズ連載が準備中になっております。本作の戦闘描写や恋愛描写が描かれておりますので、そちらも是非読んでいただけると幸いです。

これからも担当編集のT様、読者の皆様、今後ともよろしくお願いいたします。

祝！

単行本！

単行本発売おめでとうございます！

マンガ版を担当する巴天舞です。

ずいぶん好きにやらせてもらっているので、WEBから改変してるところも多いマンガですが小説も単行本でどうなってるのか楽しみです。

マンガはヤングチャンピオンにて春から連載開始です！

ムゲンライトノベルスをお買い上げいただきありがとうございます。
作品へのご意見・ご感想は右下のQRコードよりお送りくださいませ。
ファンレターにつきましては以下までお願いいたします。

〒162-0822
東京都新宿区下宮比町2-26 KDX飯田橋ビル 5階
株式会社MUGENUP ムゲンライトノベルス編集部 気付
「煙雨先生」／「をん先生」

MUGEN Light novels

外れスキル【キャンセリング】実は規格外の魔剣士
～魔法無効化する力で幼馴染パーティと世界最強を目指す～

2023年2月22日　第1刷発行

著者：煙雨
イラスト：をん

発行人　伊藤勝悟
発行所　株式会社MUGENUP
〒162-0822 東京都新宿区下宮比町2-26 KDX飯田橋ビル 5階
TEL：03-6265-0808（代表）　FAX：050-3488-9054
発売所　株式会社星雲社（共同出版社・流通責任出版社）
〒112-0005 東京都文京区水道1-3-30
TEL：03-3868-3275　FAX：03-3868-6588
印刷所　株式会社シナノパブリッシングプレス

カバーデザイン◉spoon design（勅使川原克典）
編集企画◉株式会社MUGENUP
担当編集◉竹中彰

Printed in Japan
ISBN 978-4-434-31557-2 C0093